做一回久违的自己
勿忘初心

沈万九——著

金城出版社
GOLD WALL PRESS

图书在版编目（CIP）数据

做一回久违的自己，勿忘初心 / 沈万九著. — 北京：金城出版社，2014.6
ISBN 978-7-5155-1092-7

Ⅰ. ①做… Ⅱ. ①沈… Ⅲ. ①随笔—作品集—中国—当代
Ⅳ. ①I267.1

中国版本图书馆CIP数据核字(2014)第118513号

做一回久违的自己，勿忘初心

作　　者　沈万九
责任编辑　雷燕青
排版设计　陆　云
开　　本　880毫米×1230毫米　1/32
印　　张　7
字　　数　123千字
版　　次　2014年12月第1版　2014年12月第1次印刷
印　　刷　北京慧美印刷有限公司
书　　号　ISBN 978-7-5155-1092-7
定　　价　32.80元

出版发行　**金城出版社**　北京市朝阳区广泽路2号院东14号楼　邮编：100102
发 行 部　（010）84254364
编 辑 部　（010）84250838
总 编 室　（010）64228516
网　　址　http://www.jccb.com.cn
电子邮箱　jinchengchuban@163.com
法律顾问　陈鹰律师事务所（010）64970501

如发现图书质量问题，可联系调换。
质量投诉电话：010-82069336

目录 contents

前言
无脸鉴人

两千多年前，古希腊人苏格拉底曾用一生的热情，去宣传这么一个命题：“认识你自己。”在他向其乡邻问了很多问题之后，某些领导觉得苏小朋友智商太低、疑问过多，外带不尊重上司，而且还跟传销似的扰乱公众视听，于是便恩赐毒酒，送其归西。

由此可见，认识自己并不容易。

在认识自己的道路上，活在世界每个角落的人，不管是爱看《金刚经》还是《古兰经》，无论是说惯了法语还是客家话，总有人没有放弃，没有放弃寻找内心的声音；也总有一些人，早早便成了无脸之人，难鉴其魂，尤其是在当下这个时代。

正如大多数的国人一样，我无比地热爱我的祖国、我的故乡，热爱这片用无数人的热血浇灌出来的热土——当然，最热爱的还是这片热土中逐渐丰满和性感起来的姑娘。所以，我希望能够以一己之薄力，高扬当代国民特色，穿越时间、跨越空间，山寨一位神一样的苏哥回来，日日摇旗呐喊，夜夜振臂高呼，浑然不顾“认识你妹啊认识”的狗血谩骂。

对此，有的朋友可能会立马奉劝道：“老兄，别装了，你不就想做个公知吗？告诉你，中国的公知已经够多了，你老就别在这里搅和了！”

我当然不想搅和，所以我想说，哥们儿你太让我认同了。我宁愿做同志、专家、教授、表叔，甚至校长，也不想做你老兄，更不想做所谓的公知。

众所周知，在眼下这个“荒诞”社会的熔炉下，“公知”一词有了新的诠释，具体诠释了什么，大家都非常清楚，我也不打算添砖加瓦，更没必要添油加醋——不过在此之前，在“公知”变得声名狼藉之前，很多真正背负着社会责任的前辈曾不厌其烦地呐喊过，比如说王小波，他用好看、智慧而诗意的文笔，来告别曾经沉默了多年的大多数，试图让更多的人明白——“低智、偏执、思想贫乏是人类最大的邪恶”。

三十而立后的韩寒也曾说过，最近社评写得越来越少，主要是因为要讲的道理其实很多年前就已经讲了，而且还是跟炒老饭一样翻来覆去地讲了很多回，再这样继续讲下去有失作为一名作家的趣味。

此外，记者出身的李海鹏则是我喜欢的另外一位作家。他以“重申常识”为己任，以“思想自由”为目的，更以“文字之美”为利器……影响了无数的哥，改变了不少的妞，可是自从佛祖搭完一号线之后，便不知道换乘到哪号线了。

由此可见，对于真正意义上的公知，他们要不已经做烦了，要不已经开始厌倦了……可我却始终坚信，正如他们改变了我一样，总有一些人会因此而改变。换句话来说，虽然改变不了一切的他们，但对于某些决定改变的人，便是一切了，而这也正是本书的初衷。

如果你是姑娘，不管美丽不美丽，只要披上林志玲的皮都是美丽的；如果你是爷们儿，不管粗不粗犷，只要搭上小沈阳的腔调，都是特“纯”的，比千足金还纯——以上两个“如果”可统称为“面具原则”。

小时候，我们都爱玩面具，即使买不起，也要让邻家的大眼睛姐姐帮忙画上一个。因为只要戴上面具，我们霎时便成为另外一个人。这个人可能是会七十二变的齐天大圣，也可能是风情万种的白娘子。在“大圣”和“娘子”的背后，我们尽情地挤眉弄眼、嘲笑沉默，别人看不到，也猜不透，既愚弄了大众，又娱乐了自己。不亦乐乎！

然而长大后，我们却惊讶地发现，“面具”对于那些已经走出社会的人士更加重要了，而且越来越不可或缺。大多数的姑娘还会在面具上浓妆淡抹一下，以增添其魅力；男人们会在面具上挂副黑超，以增强其吸引力——可每天回到家后，对于面具，我们却又希望像扔掉刚用完的避孕套一样，恨不得一完事就把它扔掉，干脆利落地回归自我。

前几天，又有朋友推荐我看《牧羊少年奇幻之旅》，说它是一本不可忽略的奇书，并用数据证明如下——该书以68种语言版本创造了吉尼斯世界纪录，并畅销了160多个国家和地区。截止到本书出版前，销量还在不断地刷新其3500万册的纪录。

但说实话，我并不是很喜欢这本书，并且严重怀疑这些数据的可信度。因为通书看完，“少年”的确有在“牧羊”，“之旅”却没见有多“奇幻”。不客气地说，倒不如咱们明代老吴同志的《西游记》，或随便一本金庸的武侠小说。

然而，本书的魅力之处却在于它用了一个不算很好看的故事告诉了我们一个伟大的生命寓意：“真正的财富往往都在身边，在你出发寻找之前已经埋下了。”这样的寓意是否能在本书找到一个缩影呢？我不确定，我只知道对某些人而言，看山未必是山。

行文至此，也该点点题了。什么叫作无脸鉴人？大家应该都会有自己的见解和理解，至于本文所指的无脸，并非混得不好、活得很菜，以致无脸见人。而是指没有了脸、失去了魂，很难鉴别还是不是人，过马路的时候还有没有必要走斑马线。

耳听、口说、眼见、漠视、不觉——人脸之五要素，心灵之众窗口，如若因世事或环境失去或玷污，便好似丢弃了光泽之日月，没有芬芳之玫瑰，难鉴其人，如同亡魂，一如那宫崎骏《千与千寻》里的无脸怪，寂寞缠身，独闯汤屋，迷失自己，欲海难填，化作恶心而不自知的怪物一枚。

这么一说，大伙儿（尤其是生活在大城市里的）肯定会有所感触，因为每天都有无数的无脸怪游走在大都市的人潮里、公交站、写字楼……他们来自永远不为人知的地方，有着不为人知的背景，更带着清澈和最初的渴望——如果迷失了自己，都市便成了巨大的汤屋；如果仍有梦想，都市便会是最好的舞台。

说到舞台，我想起了2012年的《中国好声音》。这个舞台承载了很多人的梦想，唱红了很多首歌，其中有一首是汪峰的《北京北京》，冠军梁博曾声嘶力竭地唱道：“我们在这里祈祷，我们在这里迷惘；我们在这里寻找，也在这儿失去。”对此，相信很多蜗居在大城市里打拼的人都会心生共鸣，感动暗涌。

然而，不管是祈祷着寻找，还是迷惘地失去，我总希望大家能够人人如周星驰在电影《少林足球》中所说的那样：

“我心中的那团火永远都不会灭的。”

最后，亲爱的朋友，来自八方的看官，你们真是好样的！我是如此爱你们，除了我爸妈、爱人、兄弟，借我20元钱从未催我还的舍友、超甲级写字楼的前台MM……我最爱的就是你们了！要说“天地合乃敢与君绝”我也一点儿不会害臊。相反，我非常陶醉，似乎刚堕入了爱河。

知道为什么吗？因为你们在这个阅读逐渐变得贫乏的时代，花掉请姑娘吃一顿肯德基的钱，来跟我一起认识可能早就认识的自己；更因为你们在这个忙碌的时代，放弃看电影、看美剧、看《非诚勿扰》或《中国好声音》的黄金时间，来读你们从未看过的作家的文字。

要我说，你们太爱冒险了，亲们。

Chapter1

左耳 听的是风

当我们在听时，我们听到了什么

我们总是太在乎他人的期望，
不想让他人失望，
于是慢慢被这个世界改变，
变得没有了自己的声音，
变成了真正沉默的大多数。

把部分的孤独带进社会人群中去，
学会在人群中保持一定程度上的孤独。
——（德）叔本华《人生的智慧》

活法

午夜，狭长而焦躁的闪电突然划破长空，直逼地面。伴随着浓烟的散去，一位赤身裸体的壮士猫着伟岸的身躯出现在了满地狼藉的街角……看过《魔鬼终结者》的朋友，肯定对这幕场景印象深刻，尤其是女士，这位肌肉壮实到男人都忍不住想摸一把的人造人就是加州州长施瓦辛格了。

据报道，人类很快就可以批量制造出“施瓦辛格”了。最早2055年，人造人就会像手机一样，随便哪家专卖店或体验店都可买到，它们也将成为我们忠实的好伙伴，为我们洗菜、做饭、带孩子、打蟑螂、斗小三……创造美好新生活，铸就美丽新天地。

有关人造人即将创建的美好未来，我并不打算在此憧憬，并漫无目的地延伸，继而写成科普文——这是科学家所关心的事情，退一步也是政客关注的焦点。我只想从文学的角度去思考：人造人是否已经存在了好几千年？我们每个人又是否或多或少地成为人造人，同时也造就了别人？

关于这个问题，如果你的答案是“Yes”，我想我们会在接下来的行文中找到共鸣，获得回应。但如果你准备摇头，我也不打算说服你——如果可以，我只想劝你迟点再摇，至于迟多少点，最好是读完本文吧。

《盗梦空间》里有一句台词很经典，出自曾经在《泰坦尼克号》中饰演不羁画家杰克的莱昂纳多：“世界上最具可塑性的寄生生物是什么？不是细菌，也不是病毒，而是idea（即想法）。也就是说，一个想法，一旦植入了某人的脑海，便足以影响和改变他的一生，继而改变世界，并可能影响一切的游戏规则。”

从小到大，多少人曾改变过我们，而且还是高举“为你好”的大旗。诚然，绝大多数的他们在说“为你好”的时候是真心诚意地打算为我们好，即便是让他们立马掏心亮肺也义不容辞。但遗憾的是，好与不好的标准，并不是1加1等于2这般铁定的客观事实，而是由浓厚的自主意识来判定的。

小时候，你说你爱文学爱画画。他们说，画画没前途，文学更没“钱”途，诺贝尔文学奖也有人拿了，祖国不需要你了。你要是爱踢球，有人会给你讲一个笑话：某人去沐足，被赶出来，问为何？答：你一个国足的，谁受得了你那臭脚！结论可能就会变成：还是打篮球好。打不了NBA也没关系，起码能增高，不亏！

后来长大了，高考了，挤独木桥了，要报志愿选专业了。某人又会跳出来说，千万别学考古学、物理学、某某学，不好找工作，死路一条，到时只能挤天桥底下，睡星空雨间，浑然不关心你自己的偶像是被苹果砸的牛顿还是咬了苹果半口的乔布斯。

挤完了高考的独木桥，你马不停蹄地上了大学，并很快便把四年的青春挥霍完毕，加入了轰轰烈烈的找饭碗队伍。这时候可能又会有人拼命告诉你，考公务员吧。公务员好，干吗不考啊。铁饭碗，轻松多金地位高，最主要是砸不烂。君不见当下多少白领放弃年薪几十万不做回来考公务员，不听老人言，你丫下个月就会吃亏，而且吃亏一辈子，别到时老婆娶不到怪我没提醒你……

众所周知，人在江湖，身不由己的事儿太多了。别人给你一支烟，碍于面子，你不得不接，因为对方是你客户；别人给你一杯酒，你想当面倒他脸上，却又不得不喝，因为他是你领导。这叫江湖规矩。既然是规矩，目的只有一个，就是希望我们规规矩矩。但事实上这只是少数人的规矩。作为弱势的大多数——起码暂时弱势，**我们总是太在乎别人的期望，不想让他**

人失望，于是慢慢被这个世界改变，变得没有了自己的声音。

说到这儿，有朋友可能会把责任归咎于生活，说生活就是这么操蛋，没有给我们停下来思考的空间、静下来倾听的时间。我们本来就是人造人，在别人的声音中成长、变老、死去，根本不容我们去想自己的事儿。要想去改变环境，白搭！

有关白搭不白搭的问题，我是这样理解的：比如我问你下一分钟想做什么，你可能会说你想去吃一碗干炒牛河，因为你的肚子饿了，而且还在咕咕叫。当然你也有可能想去洗手间，因为同样的原因——你的肚子在咕咕叫。

但如果我问你："妹子，周末想做什么？"你可能会思考一下后回答我："想去看个电影，最近上了不少新片，具体看什么到时问问我男友好了。"单身的朋友也可能会说想去夜店逛逛，看能不能猎个奇、遇点艳，打发一下漫漫长夜。

如果我再问你："你明年想干啥？五年之后打算结婚还是离婚？十年后你通过从事什么工作来吸金以交你儿子的学费和老婆的化妆品费？"你可能就要多想几下了，也许想个大半天也没有答复，然后便开始忙其他事儿了——举这个例子是想说明，人在短期内的声音比较容易倾听到，但时间长了，困难就多了，即便能听到，也会因为种种的借口和原因而被忽视掉。只因它们不值得你足够地坚持。因为有时候坚持会很累，放弃总会比坚持更加简单。

我身边有一位朋友，是个广州姑娘。有一次我们聊到梦想，她说她没有梦想。我说不会吧。她很坚定地告诉我：“是的，没梦想很奇怪吗？”我说不奇怪。没梦想的人，要么容易快乐，要么容易迷惘。

可是两个礼拜之后，她告诉我，她突然记起自己的梦想了。其实很久之前，她就希望去美国的黄石国家森林公园玩，那里有很多漂亮的植物和动物，种类齐全，超爱的！

我说：“你怎么连自己的梦想都忘了？”同时心里也在想，能忘掉的算不算梦想呢？

她笑了笑，一声不吭地跑开了。半天过后，等我忘了这个事的时候，她又跑到我面前，然后一本正经地跟我说：“可能是因为结婚太忙了，所以就不小心忘了。”说得好像忘交水电费一样。

当然，如果梦想就是水电费，也未必是件坏事，起码水电公司的人会不断地催促你，经常给你发单据，偶尔还会蹲点敲你的门，拖下去没准儿还会有法院找你的麻烦……直到你完成“梦想”为止。

作为一个想改变世界并且说到做到的人，伟大的乔布斯有过这么一句经典的话：**“不要让他人的观点掩盖你内心的声音。最重要的是，要有勇气追随自己的内心和直觉。”**

这句话的意思很好理解。追寻内心和直觉，才能找到你真正想要的东西——对此，人造人可能就会困难些，只能麻木地听，做父母一辈子的续集；默默地做，成为儿女一生的前传。打一天酱油，敲一天钟，活到最后，只剩下一些乱码。

小时候，我非常爱看一部漫画，是日本画家鸟山明画的，叫作《七龙珠》——说这个可能已经暴露了我是“80后”，而且还是早期的。

《七龙珠》里有一个大反角，名叫沙鲁。他是一个非常厉害的人造人，拥有悟空、贝吉塔、短笛、弗利沙和库尔德王等人的细胞。而每当拥有了别人的细胞，他就吸收了别人的能力，能量随之不断变大，然后再去吸收更多的人。

吸了这么多人的力量，他的目的只有一个，就是要成为世界第一强，继而统治地球，直至宇宙。虽然这样的角色注定是要被正义打败的，但是从另一个角度来看，我喜欢这样的人造人，他身边虽然充满了其他人的声音、细胞和力量，但他始终知道自己的目的，吸收是为了强大，进化是为了成长，内心的声音永远都是那么清晰、纯粹和坚定。

既然活着

王小波曾说过，根据他的经验，**人在年轻时，最头疼的一件事就是决定自己这一生要做什么**——这个经验同样适合我。

记得年轻时，我对这件事很是头疼，有时候晚上躺在床上搂着心爱的姑娘还是睡不着，想到这一生要做的事还没考虑好就忧心忡忡、如履薄冰，像是一个初次拜访岳父却来不及准备礼物的小青年一样。所幸的是，事隔多年，我开始慢慢上了些年纪，身边的姑娘较为固定了，头疼的时候也少多了。换句话来说，我对于“自己这一生要做什么”这个命题已经有了几分把握。

在中国，大多数的年轻人甚至中年人要不是太闲就是太忙，以至忘了问自己——我这一生到底要做什么？往小里说这是一个终生职业的取向问题，往大里谈则可以说是跟世界三大哲学问题相媲美的重大课题，其关键之处有两点：一是时效性，二是排他性。

所谓时效性，就是说你越早确定这个问题的答案，你就越早地无限接近它。就像是一位“同志”，只要越早知道自己是喜欢同性的，也就越早能够获得心灵和肉体上的欢愉——当然，社会的尺度也是必须考虑的范畴；至于排他性则是说问题的答案只能由你自己去寻找，而不是希望你继承父业的商界大亨给你安排，也由不得从小就逼你练钢琴的老妈说了算，更不是中学老师布置的命题作文“我以后要做什么”的答案……它必须是你经过一定的生活阅历之后，脑中不断且在不经意的时候甚至在梦中所闪烁的渴望。

简单来说，就是若干年后你老仙去了，上帝面试时，你手上递过去的简历。有关这一点，其实有点类似多年前畅销全球的一本书——《高效能人士的七个习惯》里所提到的：Begin with the end in mind（即以终为始）。也就是说，先把终点想好了，所有的事儿就算再乱，也在道儿上了。

我是一个不太看历史的人，中学的时候历史从来就没及格过，当然，现在去考也未必会及格——但这不是要说明我很笨，只是说明我对那些古代文明不太“感冒”而已。可现在我发现我错了，其实我并不是对那些古代文明不感兴趣（恰恰相反，我非常乐意畅游在历史的长河中），我只是对教条式的死记硬背和枯燥无趣的阐述不感兴趣而已。

之所以这么说，是因为前阵子刚看完的一套丛书——《明朝那些事儿》。我非常建议所有识字的下至八岁上至八十岁的朋友去看看，不一定非得买，作者博客上就有的看。如果说“我手写我心”这一说法适用的话，那么作者应该是一个非常真诚的人。对于当下这个连和尚也要娶老婆和寺庙也爱搞商业的浮躁世界，一个真诚的人就如同是黑暗里的萤火虫，即便是再渺小，也依然能给人温暖和明亮。

记得在书里有这么一句话：**人一辈子最不能缺两样东西，一是良心，二是理想。**

作为一位对历史如数家珍的作家，其话语势必有着较大的说服力——起码要比奥巴马、房地产商、刘德华或者你的中学校长说出来有说服力吧？因为正如他所说的那样，一个王朝的建立和覆灭，不管是短短的十几年，比如说南北朝时期的各个朝代，还是漫长的几百年，比如说明朝，在他的眼中都是多几页纸或少几页纸而已，“所谓千秋霸业，万古流芳，以及一切的一切，只是粪土。先变成粪，再变成土”。然而，在这粪土当中，却不断地重复诉说了同样的一些道理，而这正是作者希望呈现给我们的。

在书的结尾处，作者不惜笔墨给我们讲述了徐霞客的故事，这个故事既没有宫廷明争暗斗那么刺激，也没有边疆驰马驱逐外敌那么奔放，但却被作者特别安排在了最后，其重要性不言而喻。而这也的确是作者最想通过本书告诉我们的道理：

成功只有一个——按照自己的方式，去度过人生。

曾经有一本书很火，名字叫《酥油》，讲的是一位安徽的女教师入藏支教的事。她用了五年的时间去书写自己的梦想，其中的艰辛——比如说强行把屎尿混合物当药吃下去、睡觉的时候被大狗拽出来等骇人的经历，恐怕非一般——即便是去那儿旅游过的人所能够体会的。

我大学的时候有一位朋友，口口声声说以后毕业了要到中国最贫困的农村帮助那里最贫穷的学生——换言之，要到国家最需要她的地方去发光发热。可是此妹子暑假期间“三下乡”活动去广东梅州待了不到一天就受不了了，说这儿的茅房简直臭得可以熏死重感冒到鼻塞的人，这里吃的东西让人以为一夜之间到了白毛女的旧社会，结果第二天一清早就找了个借口说月经来了而且不调，然后冲回了文明而干净的广州大都市。

从这两个例子似乎可以发现，**在梦想的征途中，我们会遇到很多的困难、无数的挫折，有些人用行动去坚持，有些人则用口号去响应。这两者的区别其实不言而喻，结果自然大相径庭。**

每当说到梦想，很多朋友第一时间会联想到“头悬梁锥刺股”“学海无涯苦作舟”“天降大任于斯人也，必先苦其心志”等痛苦煎熬的场景，似乎非要说明追求梦想是一件吃苦耐劳的事儿——这恰好也是我们从小到大听到的一套说法。

可是我长大后，又听到了另外一种说法：某个著名的德国物理学家死之前对身边的人说，研究了一辈子的物理，还有几个问题，待会儿到上帝那儿好好地问问他老人家。

还有个例子是发生在北京奥运会结束后，有一天我在电视上看到崔永元采访刚拿金牌拿到手软的菲尔普斯，他们聊了很多。老崔还是一如既往地幽默，但也不忘问好些问题，比如说这个（大概意思类似，对白为笔者设计）：“菲哥，你在奥运会拿冠军跟玩儿似的，除了天赋异禀之外，成功的最大秘诀是啥呢？”

菲尔普斯想了想，说要想成功就一定要做自己真正发自内心爱做的事情，然后不懈去努力，相信你自己！

由此可见，追求梦想并非总是一件非常痛苦的事情。果真如此的话，那只能是别人眼中或者是这个社会给你定义的梦想。因为当你用心去做一件你爱做的事的时候，你并不觉得它是一种煎熬，即便有时候你会因为短时的受挫而沮丧，但你的内心始终会坚持着，无怨无悔，就像是你初恋时爱上的那个女孩，就像《中国合伙人》里所说的那样：**梦想就是你每次想到就觉得幸福的坚持。**

每个人都有着很多的选择，你不幸其实有更多的人比你不幸，你飞黄其实有更多的人比你腾达，但不管是不幸还是飞黄都将终归于你自己的选择。可能是昨天的选择，也可能是明天的抉择，但一切取决于你自己。

笛卡儿有一句名言是“我思故我在”，这意味着不间断地思考是人存在的一大特点。当然思考了存在了却不行动管个×用。管用的是我们既然活着，总该有自己的活法，不管是活在成功的巅峰，还是走在成功的路上，都是一种很给力的精彩。最重要的是，这种精彩无须别人喝彩。

沟通

想象一下几百年前，人们是怎样去远程沟通的？

写一封信给远方的情人，要放一只鸽子，而且一不小心这鸽子就可能成为某人的盘中餐——脆皮乳鸽，从此杳无音信。打仗的时候透露一下军情，得要找个年轻力壮的小伙子，爬上老高老高的地方去放火，连成绵亘蜿蜒的烽火。要是一不小心爬迟了，援军来晚了，没准儿回去一看，国家都被人家灭了。

今天，只要我们掏出手机，轻松拨一下号码，沟通随时开始，愉悦的声音可以从地球的任何一个角落传来。当然，传来的也有可能是你上司或夫人的一顿臭骂。但不管如何，我们轻松而简捷地达到了沟通的目的——这一点在过去是很难想象的，就像我现在很难想象未来的瞬间移动一样。

如果网速够快的话，除了可以通过声音去交流，还能看到脸蛋和身段——这也诞生了一个新的产业：视频聊天。从某种程度来说，它反映了人们内心的孤独。

小时候，我特别羡慕那些有BP机的朋友，他们给了我“嘀嘀嘀”背后的无限想象力——那可能是远处某妹子的晚餐邀请，也可能是某张麻将台“三缺一”的呼声。后来长大了一些，看过王家卫的《重庆森林》，其中有一幕是失恋的金城武给前女友的BP机留言，我便一发不可收拾，发誓以后有钱了一定要买十个BP机，五个送给朋友，然后自己左腰皮带插两个，右腰皮带再插两个，剩下的那个就是拿在手上，威风八面，藐视众生。

后来如你所知，我始终没有威风过，而且这辈子也不会有机会了。随着电子技术的高速发展和更新换代，我们很快便告别了BP机和大哥大的时代，并伴随着曾经的两大巨头——摩托罗拉和诺基亚的没落，辗转进入了智能机和穿戴设备时代。

话说回来，我的第一部手机是大一刚开学时，不吝用好不容易靠血汗换来的奖学金买的，作为自己背井离乡地上大学开创新天地的礼物，自是爱惜备至，无比虚荣，有事没事都会拿出来把玩一阵，恨不得直接放周围人眼皮底下，浑然不顾人家是不是把自己当傻B。

记得有一次老乡聚会，某师兄一本正经地对我说很羡慕我，我说：“我长得一来没你高，二来也没你宽，三来钱包还没你的厚，不至于吧？”他顿时眯着眼笑道：“这话也对，可是你想想啊，小师弟，你刚上大学便已经齐了三样东西呀！”

我双眼泛白，流露出高中时数学考试遇到最后一道附加题时的不解。

“就是手机、女友和电脑这三大件啊。”师兄补充道，“要知道，我们那时的入学三大件是211电话卡、A片和德生牌收音机。”对于这三大件，我是没什么好说的，正如“文革”对某些人一样，亲历过的人非常有感触，每件事都能说上一天，要是没亲历过的人，你怎么说他都觉得没劲。

值得一提的是，我这辈子的初恋还是靠手机勾搭到的。刚开始，我们还只是朋友的朋友，后来经常短信往来，就变成去掉一个“朋友的”定语，成为朋友，继而再顺理成章地升级成为好友，再后来手机联系频率加快，然后就干柴烈火地成了男女朋友。可惜在我们的关系还未进一步升华之前，我女友就把我给干脆利落地扔了。

原因也很简单粗暴，就因为是异地恋，女友被一个同班同学天天纠缠、日日狂攻，终于红杏出墙，把几百公里外的我给甩到太平洋了，让我深深地品尝到了初恋失恋的滋味——这个故事除了说明我前女友水性杨花之外，还说明了这么一个道理：千言万语的手机沟通都比不上陪在身边的耳语纠缠。

我现在在一家生产手机的公司上班。在江湖上行走应酬时，经常会被新认识的朋友问道：“朋友，你做什么的？”我回答的标准话术就是“做ji的”。一般这种情况都会引来诧异的眼神，随后有两类人的回答比较有特色。一是反问道：“做鸡？”二是：“搞基？！”我知道从心理学上来说有这么一个说法——也不知道科不科学，就是说，人们在无意识反问时常常会折射出内心的真实想法。

当然，说到这儿已经有些扯远了。我想说的是，这个笑话至少说明了两点：第一，我是做手机的，对于手机给人带来的各种便利当然是极其拥护的；其次，我既然是做这行的，难免会有偏见，既然有了偏见，也难免会带到本文中。

前阵子看过一个短剧很有意思，是赵本山的弟子大鹏演的《屌丝男士》，说是这位屌丝在厨房煮饭，一边煮饭一边跟手机说话，比如说：“小助手，打开音乐。”然后手机就会默认自动打开美妙的音乐，顿时让厨房变得活跃轻快起来。又或者是“小助手，打电话给老王”，然后手机就自动打电话给老王。老王粗犷的声音很快就从小助手那边传来，真是非常便利！

后来，这位屌丝煮饭煮到一半发现没酱油了，他就跟手机说：“小助手，去买一瓶酱油回来。”说完就在手机上绑了十元钱，随后用力扔出窗外……如你所料，酱油最后是买不回来的，没准儿还会砸破某个倒霉鬼的脑袋。

我引出这么一段短剧，有什么寓意大家应该都很清楚，我只想补充一点的是，过马路的时候，大家一定要随时留意自己的脑袋——特别是经过窗口，因为这个世界类似的屌丝太多了。

我记得我之前有这么一个强迫症，就是时常去看有没有短信，过几分钟就去翻手机，不知道会不会刚刚没听到声音漏看了，即便刚才的几个小时我都在连蚊子飞都能听到的图书馆。后来短信不看了，开始被微博“强奸”了，几分钟不到就会又拿手机去刷新一下。刚刷新了没几年又流行起了微信，然后我又强迫去看微信，以致很多时候我干脆把微信从手机里给删掉了。

最近看了一则新闻，很有意思，是说台北的一家咖啡馆很是出名，大家都爱来这里聊天儿，原因不是因为这里的环境好或招待员美丽性感，更不是什么cosplay的，而是因为这里喝东西的杯子。

杯子的杯脚有一个脚是少了一截的，一定要用手机垫着才不会倒。换言之，如果你要玩手机，你就必须一直要用另外一只手扶着茶杯，可见非常麻烦。

法国克莱蒙费朗大学做的一项测试表明，未成年人使用手机时大脑对电磁波的吸收量竟比成人吸收的要多60%！对我们还在发育中的大脑会产生非常不好的影响，至于是什么样的影响，估计要等这一代在手机中长大的未成年人成年之后才知道了。

如上所述，手机给我们带来了无比的便利，也带来了莫大的隐患。至于如何去权衡，恐怕读者朋友都有自己的答案了。

记得以前看过中国移动的一句广告语，很能够打动人，起码让我印象深刻——“沟通从心开始”。这句话听起来很容易，做起来却每个人都有差异。要想做到如何从心开始，是一门艺术。具体如何艺术法，我这里没有标准答案，如果硬是说有，我也能说出来一个。沟通可以经常随时开始，但如果有空的话，还是以见面结束为好。

耳边风

最近有一件事让我非常郁闷，那就是早起，而且还是被强迫的——如果是迫于生计，养家糊口，我也无话可说，可如果是因为楼下那破垃圾车，我可真想骂娘了。这破车每天清晨五点多便会准时杀到，带着重重的喧嚣，缓慢地绕行小区一圈。

值得一说的是，垃圾车发出的声音频率太过特殊，不仅仅是分贝高，而且还是低频率的，能够直接传到七楼，透过三厘米厚的玻璃窗和两厘米厚的窗帘，直逼我大脑的中枢神经，完全颠覆了我培养十几年的晚睡晚起的生物钟，继而导致本人睡眠严重不足，后果就是每天顶着两个黑眼圈儿去上班——这种状态，要是碰到顺心如意的时候还好，可要是再碰到工作不顺、人事斗争的时候，脑袋都要爆炸了。

众所周知，人的脑袋快要爆炸时，准会胡思乱想，比如说我就恨不得投个炸弹把那垃圾车一口气炸到天上去。有时候还会想，要是哪个天才能够借用这个原理，去发明武器，一定非常管用，而且还特别环保。持这种武器的人只要戴上耳塞，一按开关，往空气中一扫射，即便1000度的近视眼也是神射手。

当然，有关噪音的抵御，我并没有一味地坐以待毙，而是想过很多办法，比如说打电话给公用事务局投诉，得到的答复如我所料，也会如你所料的：深表理解，但无能为力。又比如说我把床90°地转了一个方位，看能不能避开声音的传播路径，却没想到越移越响。我还试过把衣柜调整了一下位置，挡住阳台前的落地窗——没用；买了套汽车用的隔音棉，压在窗户上——好了一些，可还是没用；把所有的衣服像尸体一样挂在阳台上，把客厅的麻将桌放在阳台边，从楼下偷了几棵大叶植物吸收噪音……通通不见效。

后来，我实在没办法，便打电话给房东投诉——我这时候才想到他。房东是一个不错的人——至少我以前是这样认为，因为当时租房子的时候，他老人家非常慷慨，眼都不眨地就说不收水费和物业管理费，还送了我两个月的网络费和半年的电视费。现在看来，我对“他作为一个好人”这个观点还得持保留意见。

对于我的申诉，他似乎早有准备，说的确没办法，而且在我一再暗示他可以像其他邻居一样装一个隔音玻璃之后，他还是果断地表示无能为力。也就是说，他不打算花钱去做这事儿，而且最要命的是，他居然早就清楚有这事儿！

有关这个房东的道德，我这里并不打算有太多指责，所以不说也罢。我重点想说这个破垃圾车，其实我是这样想的，虽然他们的目的跟我和小区的很多人都是一致的，就是要把垃圾处理干净，还我们一个干净的住宅环境，可没想到却制造了更大的污染——或者说即便想到了也不打算调整。这样一说，大家可能已经知道本文的寓意——虽然作为一个杂文作者，直接把寓意说出来，难免有直露的嫌疑。

其实话说回来，物理环境不管如何恶劣，总是能够想办法去搞定的，大不了就学两千多年前的孟母，一迁再迁，一直迁到我满意为止。要我说，比物理环境更难搞的还是人文环境，比如说，你在办公室里工作，或者在学校念书，你就处在一个圈子里，所谓的江湖，在江湖里风言风语的肯定不少，有些是积极正面的口碑传播，有些是无中生有、恶意中伤……“走自己的路，让别人去说吧！”这句话说起来容易，做起来还是得考虑这个“别人”到底指的是谁。

都说“世上本无事，庸人自扰之”，恐怕很多人不会认同吧？生活中非但扰人的破事一堆，而且还层出不穷，正所谓福无双至祸不单行。然而，这句话也可以这样去理解，所有的烦恼都来自我们内心的自扰。用佛家的话来说，就是嗔心未断。凡人要断嗔心，就要保持淡定，心如止水，以不动治百动。只要嗔心不起，心灵就不会迷失，这才是真正的大智慧。

弘一法师曾说过：“嗔是三毒之根，烦恼起于嗔心，起了嗔心必与众生结怨。平时对人、对事、对物常犯此病，必须深自悔责。为什么自己智慧不开，功夫不得力没有进步，其主要原因即是贪嗔痴未断。”此外，《华严经》也有云：菩萨立志存心是自度和度他，如还有嗔心，结怨于人，则自度和度他的目标就达不到了。

对于多嗔的人，耳边的风肯定很多，风言多了自然难断烦恼，也不能解脱得自在，无法享受内心的平静和安宁，所以当下会有这么多的狂躁症。

我以前上班的公司有一位大师。他是一个微胖的哥，面相慈善，常挂笑容，人称周天易周大师——当然，这个名字一听就知道是艺名，其实他真名叫作周石桥。我们桥哥专门帮人看风水，或是给东西开光驱邪之类的，内地经常有人请他到家里看风水，收费从五百元到两万元不等，到底给多少，周大师一般双手合十，让人随缘。当然，他说随缘的时候一般都会在公众场合，给多了面子是你挣的，给少了那可是大家都看着的哦，诚不诚不是只有你知我知天地知哦！而且，你要是实在脸皮厚，坚持随缘而且还随少了的话，那下次大师就很难保证会上门了。

有一回，我们公司组织去爬山，晚上回来的路上，我们一致怀疑他那迷信的风水术到底骗了多少良家妇女、无知富婆。

大师不愧是大师，对于我们的冷嘲热讽，他表现得非常淡定，而且还微笑着给我们解释道，其实风水也是一种学问，大家想想，地球公转自转那都是有磁场的，睡床的方位直接决定了磁场是否跟个人所匹配，继而影响睡眠质量，然后影响生活的方方面面，包括财运……一席话说得大家纷纷顿悟。

最后，还想跟大家说说这个大胖子，在成为大师之前，他并没有像他网站上或宣传海报上所说的拜谁谁为师，成其入室弟子，潜心修行几十年。他其实就是一个销售，而且还是负责某个大区的经理，有一段时间销量没做好，差点儿卷铺盖走人，穷极生变之下听人说他脸相好，跟佛有缘，于是就转做大师了，结果还一发而不可收，走上了这条大路。

说完风水，还想跟大家简单聊聊国家的环境，即一个国家的国情。当然，这种环境我们也可以理解为一个国家的文化。以前很多人说中国出不了诺贝尔奖，说中国缺少这样的文化，同时在国际上也缺少一个被人认同的环境。如今事实胜于雄辩了，人们又说国家三十年出不了一个乔布斯，因为缺少创新的环境，我们的生活缺少必要的文化。

不管这种说法是对是错，总而言之，小到一个起卧的家居环境，大到一个小区的生态环境，再大到国家环境，它们一方面在塑造和影响我们，同时我们又在各种不同的环境中幸存。如果还有一个值得坚持的信仰、一份清澈如初的纯真，那就真的不错了。

耳边的风永远来自东西南北中，心底的话只会由内而外。我衷心地希望并号召大家成为听风者，能够从耳边的各种风声中辨别出方向，真正去聆听内心的声音，走出一片属于自己的未来，即便这个未来在走的过程中磕磕绊绊。

另外还想补充的一点就是，现在我发现了一个奇怪的现象，只要我不关注那闹心的垃圾车，声音就听不到了；如果关注了，第二天就会听到。这算不算是唯心主义呢？我也不清楚，大家来说吧。

丝竹之乱耳

想象这么一个场景：阳光明媚的下午，你泡上一杯午后的奶茶，放在桌上，坐在窗前。作业已经写不出来了，你头大如斗，左手托着下巴、右手转着铅笔，双眼直愣愣地望着外面的世界，时而看到有漂亮的姑娘打球，美丽的倩影跳跃在眼前；时而看到有小鸟划过静谧蓝天，瞬间消失不见，似乎从未划过……你内心涌出无限的渴望。你渴望远方，可是你不知道远方会是怎样；你期待未来，但不知道未来会不会更精彩……

这时，你把思绪拉回，随手打开音乐，音乐顿时充满整个房间。美妙的音符告诉你，远方很美妙，未来一定会更精彩。因为岁月如歌，等着你去唱；年华如姑娘，等着你去爱。

就是这样的场景，基本上持续了我中学的六年。六年的时光听起来很长，但回忆起来却如同白驹过隙，眨眼而过，真正能留下来的画面并不多，以上算是其中一个。本文的读者朋友估计有一小部分是“90后”的。据我所知，你们的中学生活是丰富多彩的，你们的世界是五彩缤纷甚至纵欲泛滥的。现在听我回忆起那样的事儿，就像是听老人家讲那久远的苦行僧历史一样，根本不会有共鸣，所以，本文真正的主旨也并不在此。

中学的时候，父母管教严厉，禁止看电视。退而求其次，电台成了我忠实的情人，陪我度过了许多寂寞长夜——当然，如果那时家里有电视，估计电台也很难出现在我的历史舞台上——起码不会那么浓墨重彩。

听了这么多年的电台广播，给我印象最深刻的一位主持人叫卓越。这个人不是午夜倾心节目里声音极具诱惑、让你忍不住想入非非的女主播，他是一个男的。我当时觉得他声音特别好听：磁性张扬，抑扬顿挫；放的音乐也好听，时尚潮流，风格百搭。最主要的是，他那些穿插在音乐间隙中的话语，如同静谧夜空中的星光，给了我一个想象的窗口——这个窗口通往外面谜一样的世界。

现在，我已经在这个世界心力交瘁却不失希望地混着了，而且还一不小心混了多年，很多的谜被证明不过如此。如今再想起当年那位卓先生的话，觉得如同梦呓般缥缈。或许是因为当年有着美妙的音乐做背景衬托吧，多了几分诗意和理想。又或者是，我早已在不知不觉中变成浑噩不堪、疲于应付现实生活的操蛋鬼，再也没有了当年那种单纯的心境了。

跟大多数读者一样，以前在学校念书的时候我经常背书——当然是被迫的，其中有一篇文言文，是唐代诗人刘禹锡写的《陋室铭》，文中描述了这么一个场景，是说他的破房子虽然很简陋，但却一点儿都不影响他愉悦的心情，因为在这房子里“可以调素琴，阅金经。无丝竹之乱耳，无案牍之劳形”，对此，跟大多数的小伙伴一样，我没有任何感觉便死记硬背了下来，唯一可能有的想法就是觉得这家伙还挺有阿Q精神的。明明是小房子、陋房子，没准儿还是不带车位的小区二手房，有那么嘚瑟吗，刘兄？

现在想起，这样的房子和房子所描绘的场景，确实让正身处高房价的社会主义的我挺奢望的，不知道其他房奴或租客是否有所共鸣。正所谓此室虽陋，却拥有“若无闲事挂心头”的风情万种，有着钉子户般舍我其谁的豁然霸气。

2012年，国内有一档节目火遍了大江南北，以至各地的地方或民间演出都是“一拍大腿或扶手就转身”的恶搞场景。这档节目还一直顺势地火到了如今，有了专治上火的加多宝凉茶的两亿元冠名也没有降下火。如你所料，我说的是《中国好声音》。该档节目最大的成功之处在于颠覆和创新（虽说是山寨国外的，但在国内却是实实在在的原创，颇接地气），让歌声回归最纯粹是耳朵所应该关心的事，忽视长相之乱眼，直逼音乐之本质（可惜的是第二季时假唱露馅儿了，让人颇感虎头蛇尾，大失所望）。

已逝的王小波曾说：“一个人只拥有此生此世是不够的，他还应该拥有诗意的世界。”这句话，让我觉得这位曾在“文革”中浪费了无数美好光阴的大叔一点都没有把内心的希望磨灭，依旧对这个缺乏自由的世界充满着无限的诗意。

我想，通往诗意的世界有很多条路，文字是一条——我正在上面走着。除此之外，音乐也的确是一条不错的路。然而，什么才是真正的诗意呢？有些朋友可能会犯迷糊：不会是能写几首诗就算诗意吧？或者是不理会现实生活的无奈，纠结于阳春白雪就是诗意吧？又或者说，诗意这种浪漫的玩意儿只是年轻人、没受过社会磨砺的人才有的，纯粹属于年轻人的专利。说得好听是小资，说得不好听就是矫情……对此，我也不好做评判，只想给大家举个例子。

周杰伦的歌声曾经伴随了我高中很大一段的岁月，几乎每一张专辑我都有收集（当然，我这种屌丝是没钱买正版的），不仅仅因为他的曲风，更因为他歌曲中的歌词——有着非常高的文化和诗意，讲究炼字，而不是“亲爱的，你慢慢飞”或是“你总是心太软，心太软”之类的大白话。

此外，周导的第一部电影叫作《不能说的秘密》，里面有这么一幕场景，很有诗意——

女一号小雨问小伦：“你很喜欢用一只手弹钢琴哦？”

小伦想了想，然后回答说：“因为这样……另一只手才可以牵你啊！”

说到跟音乐有关的电影，还有一部不得不提，那就是《放牛班的春天》。该片可谓是名声在外了很多年，讲述了世界著名指挥家皮埃尔•莫安琦小时候的音乐启蒙故事。总的来说，这是一部让人因为喜悦而泪流满面的电影。其最大的影响力就是创造了法国电影的新概念——阳光情感电影：没有性感的美女，没有刺激的暴力，没有华丽的动作以及其他乱七八糟的商业元素。有的是什么呢？有的是一段跟音乐有关的心灵蜕变，真挚而温暖，给人无限的力量，如同许巍的歌声。

然而，就是这样的一部电影，试问：在有着3D技术作为支撑的各种视觉重口味大片的冲击下，又有多少人会耐心去鉴赏呢？恐怕看了前面十分钟已经没有耐心看下去了。

如今，电台如同BP机、电报甚至诺基亚的功能机一样，正慢慢地退出或者被赶出时代的舞台，转变为极窄众的市场。

出版和唱片市场也已经逐渐没落，复兴看似无望，只因有太多的电影、电视剧、电玩等其他东西充塞着我们的世界。新生代人的青春也越来越有更多的色彩，爆炸般的信息无时无刻不扰乱我们的耳朵，冲击着我们的视线，并更迭着我们的选择……

但与此同时，也给我们一个越发燥热而缺乏诗意的心。

城市病

前阵子读过一本书，不是小说，是属于采访类的案例收集文。书中讲了很多精神病，其中有一个特别“精神”，在这儿想跟大家分享一下。

简单来说是这样的，此公是京城某地产大亨，年过四十，富得低调，其在采访中说：一无家人，父母已逝；二无朋友，四海的朋友不少，但也可以理解为零；三无女友，以后也不打算结婚……他说这话时就像是一个武侠小说里闯荡多年的剑客，神情很淡定，呼吸很均匀，语气很冷漠，暗藏着一份悲凉到近乎不动声色的沧桑。

当然，如果只是这样的话，还不足以拿出来说事，值得一说的是他每晚都失眠，脑海中总会浮现出一些画面，这些画面用他的话来说是发生在上辈子，或是上上以及上上上几辈子的事情。

也就是说，这位富爷能够清楚地记得自己的前世，干过什么勾当，是猛男还是靓女，参过军还是务过农，以及最要命的事儿——怎么死的。

对于这么一个记忆不会消亡、意识始终不灭的人，相信很多朋友都会羡慕不已，觉得此君还真够牛的——哇！间接地长生不死啊！不过当事人却要第一个跳出来反对，他觉得这简直就是一场炼狱，以致每一世他都在绞尽脑汁让自己彻底死去，可却始终徒劳无功。

在采访的末尾，他说大多数人会把他当作精神病看，这是可以理解的。但这不重要，重要的是他希望有人知道他的想法，希望这个世界听到不同的声音，同时还希望通过那位作家的笔找到跟他类似的人，那样的话他就不孤独了——这些年他太孤独了！

对此，我们得分类讨论一下。如果此公所言皆虚，那他编出这么大个谎言，显然是精神有问题；但如果他所言属实，历经了并还将历经几个世纪，他的精神也几乎要崩溃了。所以我们可以得出这么一个结论，不管这朋友说的是真是假，他都已经病入膏肓。

朱德庸出过一本书，名字就叫作《大家都有病》。这里的大家主要是指城市里的朋友，这个城市又以大城市为主。

众所周知，混在大城市里的人压力都不小。这种压力一方面来自外部的方方面面，另一方面也来自内心的林林总总。

如此内忧外患之下，患病的概率肯定要高很多，如抑郁症、孤独症，还有眼下比较流行的咆哮症、强迫症，等等。这些乱七八糟的病症都可以统称为“城市病”，对应到医学里，则有一个很专业的词汇：神经症。

既然专业词汇都出来了，说明犯病的人还真是不少。然而归根结底，到底是什么东西让我们“不健康”了呢？

有些朋友说，猪就没有这么多烦恼！我们之所以会这样，都是因为学到的东西太多，容易想太多，跳楼的、卧轨的、抹脖子的十有八九都是高级知识分子！

照这位朋友的话来说，我们还比不上猪呢！对此我相信没人会同意。猪如果能表态的话肯定也会摇头说No——别逗了，你们可是掌控我们生杀大权的人类啊！

所以真正的原因是，我们之所以会庸人自扰甚至扰到想逃离这个世界，不是因为掌握了知识，而是掌握知识的动机本身就不纯粹，带有一种强烈的功利和欲望心，带着一种狭隘的目的性和趋势性。

然后问题又出来了，我们为何有这么多的欲望？到底是人类的天性使然，还是后天的社会文化浸淫所致呢？

众所周知，当下社会里有两种路子比较吃香，也是备受推崇的：一是仕途，一是商途。前者意味着铁饭碗，后者则意味着财富。

本来这也无可厚非，自古以来，达官和贵人都是咱们老百姓的奋斗主旋律，可这种旋律一旦被放大镜给放大之后，就比较容易出乱子了。“我们的社会，不教你自我，也不教你美感。我们是很容易被操弄的，商人干的就是这样的事。你没有价值，别人给你一个，你认为那就是。”朱德庸的话跟他的漫画一样，总能够让我们驻足思考一下。

佛教说世上有三毒，分别是贪、嗔、痴，解决的办法就是戒、定、慧。但这三毒也不是那么容易解的——要不人人都成佛了，还做他妈的凡人干吗呢？！（我佛慈悲，这句话已经犯了嗔戒了。）所以说大家都有病也是理所当然的。

我身边很多的朋友就是有病。比如朋友A是一个房奴，总是很焦虑。上班前总担心路上塞车迟到被老板扣工资，上班期间担心公司业绩不好老板裁人，下班的时候又担心银行的汇率提高了几个百分点，晚上跟女友行房事时还得担心不小心会怀上孩子。再比如说朋友B是个恋爱恐惧症患者。前阵子怀孕后打掉了，且离了婚，现在对于任何男人都小心翼翼的，特别是帅如潘安、晓明之流的男人；此外，她还喜欢跟老外打交道，因为她认为只有思想开放的老外才不会介意她的“前科”。

当然，我自己也一样有病，而且症状不轻，要不这世上有这么多的事情不做，怎会偏偏写起了稿子？做这种最吃力不讨好的事情，只为了苦心孤诣地在文坛混个微名，满足一下世俗的贪嗔痴欲。

前几天老朋友一起聚会，酒还没开喝，大伙已经不由自主地感慨了起来。说很多年前，大学临近毕业，大家就有心理准备，以后的日子肯定过得飞快，可压根儿没想到会这么快，一晃这么多年都过去了，有的已经结婚，有的已经秃顶，还有的又结婚又秃顶了……

当然，大家感慨的不仅仅是岁月如梭，而是想到这些年的苦闷日子，每天朝九晚五地活着，走在熙熙攘攘的城市，挤在“人满为患”的地铁，塞在车行如织的马路，我们的生活再也慢不下来，不敢慢下来——正如约翰•克利斯朵夫所说的那样：“很多人其实二三十岁时已经死了，接下来的日子不过是做自己的影子而已……”

所幸我还是决定慢下来，不做自己的影子。如今的我没再去上班，过着自由却清贫的生活，偶尔也小富即安过。但我知道，这种生活是有局限性的，在看得到的以后我会有老婆，不出意料还会有孩子，生活上的羁绊和围城自然会越来越多，我的神经症也会与日俱增。

然而在此之前，我还是希望可以找到属于自己的舞台——不一定夺目，但起码自由。

在《大家都有病》的漫画本里，会看到刷卡成瘾的女郎、相约自杀的三兄弟、总是想与众不同却弄巧成拙的杀手……

这些角色在让人忍俊不禁的同时又引人思考——既然大家都有病，那所谓的幸福到底又是什么呢？

说到幸福，时下有一句话比较流行，说幸福是一个比较级，需要有东西垫底儿才行。

显然，这句话的重心放在后面，即那个垫底儿之物。该物可能是你身边的人，也可能就是你自己本身。然而，不管是什么，要想获得真正的幸福，就必须要求我们一方面要知足常乐，另一方面又要积极进取——对此，虽然地球人都知道“知易行难”的道理，但如果说连“知”都不知，或者说知了还要装作不知，还指望去“行”吗？！

最后，借用朱兄的话来收个尾吧：“这个社会把人逼疯了，大家都很惨，但只要你还保有幽默，笑得出来，你就赢了。”

然而，到底是应该像阿Q一样赢在自己的意识圈里，还是像阿甘一样赢在践行梦想的路上呢？我相信，每一个人的心目中都有自己的答案。如果没有，那现在就放下你手中的手机、平板电脑、电视遥控器、酒杯、避孕套……赶紧去找吧。

寻找阿拉丁

曾经，我幻想自己是阿拉丁，是孙悟空，是马良，是俄国的渔夫，只因他们手上的神灯、凑齐了就能许愿的龙珠、画什么就有什么的神笔，以及可以随意满足愿望的金鱼……但后来我长大了，发现阿拉丁其实就是自己，马良的神笔就是勤奋的汗水和坚强的眼泪，而梦想只要不是乱想都有可能实现。

众所周知，人的一生非常短暂——简直太他妹短暂了！而“梦想”一词就好像是一个变量：十岁的人向往憧憬，二十岁的人满腔热血，三十岁的人嗤之以鼻，四十岁的人会心一笑，五十岁的人若有所失，六十岁的人后悔不已……然而，**真正能把梦想实现的人，却是那些敢于忘记兵荒马乱、似水流年、一直“天真”地把梦想当“常量”去坚持的人。**

有关梦想的实现，相信各位看官一定读过不少的励志文，听过不少的老人言。不可否认，励志文和老人言均有一定的作用，轻则提神醒脑，重则如打鸡血，但它们也跟感冒一样，经历多了难免会有免疫力。所以陈安之前几年最火的时候出场费贵过艳照门后的陈冠希，而且还得提前半年预约，可现在已经不在主流了。

既然不在主流了，我也不想唱着没人爱听的傻戏，说着自己也不信的胡话。我只想站在一个乐观的、浪漫的角度跟碰巧读到本文的您，一起去探讨“寻找阿拉丁”的方法，探讨成功的可能性——换药不成，咱起码换下汤吧？

说到梦想，很多朋友的第一感觉可能是宏大、遥远、不可触及，如同头顶的星辰，又好像是苍蝇眼中玻璃窗外的阳光……其实，这种说法不无道理，也合乎情理。但既然都已经扯到“梦想”这个字眼儿了，再拿情理来说事就没劲了。

以我之见，梦想实现的第一步，就是设置阶段性的理想，这点非常重要。比如说你是一个“矮穷丑”，做着平凡而少金的工作——比方说室内装修，要追一个貌美如花的“林志玲”回来。假设靠谱儿的话，第一步还是从找机会接触到林姐姐才行。至于接触前要想什么办法，以及接触后该怎么做，就都属于技术帖里的内容了，不在这里罗列探讨。我只能说，如果真有决心去追林志玲，想尽了一切杀人放火的办法，用尽了一切破釜沉舟的努力，到头来发现人家依旧芳心有属，另有所爱，貌似竹篮打水一场空，但过一阵子换个女神来追，肯定要比以前容易几百倍，没准儿那个才是你真爱呢。这个道理用一句西方的谚语来概括就是：站在高处去举手抓星星，即便没挨到，手中也不会沾上半点儿尘埃。

在这里我还想举两个例子。这两个例子单独拿出来看似乎没什么好讲的，不过是重复堆砌而已，可放在一起就觉得有些意思了。第一个例子是有关我远房表哥的，其人虽不敢说貌比潘安，但确实长得挺帅的，身高也是标准的夜店站台男模款。

毕业后，表哥成功捧上了让人羡慕的铁饭碗——在广州做公务员，隶属公安局审计部门。可五年后突然有一天，他就对外宣布信了“马云”教，不顾家人阻挠，找了俩哥们儿干起了淘宝，卖起了皮具，最重要的还是卖高仿皮具——也就是香奈儿、LV等国际大品牌的仿制品。要知道，这种事情的利润贼高，风险也非常大，跟放高利贷一样刺激。

如果你是有零售店面的厂家，除了担心一不小心就会被相关部门查封店面之外，销量好的时候也会遭遇同行的恶意举报，一被工商局查到就要做关厂、收货、罚款等烧钱处理。我表哥虽然是做线上的交易，不存在类似的问题，但也是需要去实地拿货。所以每次他去工厂拿货，都得跟007甩特务一样谨慎，生怕被人跟上了，连累了上线，也延误了顾客收货。

很快，表哥一晃就做了三年的007，一路的风雨就不说了，总之三年之后的结果就是瘦了肚腩、肥了钱袋，结结实实地赚了第一桶金，随后在国家彻底“严打”之前敏锐地调整了“航向”，彻底转行卖起了正牌皮具，平时有空还会带我去揭发那些卖仿包的——举这个例子，绝对没有鼓励大家去投机倒把的意思，更不建议大家富贵险中求（胆识跟愚蠢往往是一纸之隔）。如果您非要理解我在教唆您走法律的高压线，未来进去蹲着了可能还要拿我的文字说事，我也没办法，只能建议您从本文开头重新开读。

另外还有一个例子，说的是我的一个老同学，毕业后去了知名德企西门子做医疗器械，年薪很高，职业很光鲜了，五百强企业嘛，还是暴利的朝阳行业。每次老乡聚会，我都不好意思跟他打招呼，生怕他用钱或车钥匙砸我。可就在前不久，正当他要升职为部门经理的时候，突然便炒了公司鱿鱼。一打听，原来这家伙之前一直偷偷考了三年的公务员，终于考上了某个二线城市的公务员，从此他从“江湖之远”跑到“庙堂之高”去了。真是让人大跌眼镜！

如上两个例子，一个是弃政从商，一个是弃商从政，看似两个完全相反的途径，却折射出同一个寻梦之路。当然，他们的背后都是家人和周遭环境的百般阻挠，所以要求他们对自己内心所要的有着无比坚定的信念。

有关这一点，哈佛大学曾经有一个研究报道，专门调查那些在工作岗位中做得非常红火的人，突然打算改变自己的人生轨迹，可在经过咨询过身边亲朋好友意见之后，改变的成功率反而更低。也就是说，在我们去寻找内心真实想法的时候，千万不要让你最信任的人成为阿拉丁出现的最大阻碍。

一直以来，都有“美国梦”这一说法，而且很多美国年轻人一提到这三个字就像是加入了邪教似的，如数家珍地列出很多个屌丝通过努力成功逆袭的名字——奥巴马、乔布斯、马克•扎克伯格，等等。

近几年，我们也开始轰轰烈烈地做起了“中国梦”。虽然许多人一听到“中国梦”三个字，就跟宅男提到自己的恋爱史一样不好意思。这比起“美国梦”“日本梦”似乎有着不少的差异，但其实这些都只是“梦”前面的国籍不一样导致的国情不一样而已，重要的还是那个“梦”字。

对此，我想说，陈可辛的《中国合伙人》是一个缩影，“梦想就是你每次想到都觉得幸福的坚持”；王家卫的《一代宗师》也是一个缩影，“念念不忘，必有回响。有一口气，点一盏灯，有灯就有人”。电影虽然是生活的艺术化，但生活更是电影的现实化。

最近，我的职业生涯和个人生活都发生了翻天覆地的变化，这个改变是我经过几年的坚持所得，如我当年所愿，亦如很多人未料。

在此之前，我时而坚信阳光必然在雨后，时而安慰自己人生不如意之事十有八九，以至到后来连自己都怀疑自己的时候，突然发现阿拉丁就站在我面前，俯着身，摆着手，微笑着对我说：“善有善报，恶有恶报。不是不报，时候未到。”

当我们谈论广州时，我们在谈论什么

时间回到1981年，我还没有来到这个世界，《当我们谈论爱情时，我们在谈论什么》已横空出世了。作为美国当代著名小说家雷蒙德•卡佛的成名之作，同时也是其最负盛名的代表作，这本书曾带给我无限的遐想空间，让我深刻地感觉到了文字之美，以及从中扑面而来的诗意——尤其是该书的书名。

这个书名的句式一经翻译到国内便给套用到了无数的场合，如同病毒般轻易扩散开来。当然，我也一不小心被扩散了进去。因此，有几章的最后一篇，我希望能够借助这一句式，引用多年前的某篇文章，今昔相比，试图去引起大家的思考——如果一不小心给大家带来了趣味，那就更好不过了。

生活让我在广州这座城市混了多年，混得我原本鲜明的棱角变得有些平滑，单纯的内心有些仓皇——也不知道是好事还是坏事。众所周知，中国地大物博、城市众多，坦白来说，对于其他的城市，我并没有太大的话语权，但对于广州，我还是能说上几句的。广州作为中国的南大门，同时也作为我家的小门，跟我一起见证了改革开放以来中国第一批大城市的发展，同时也当仁不让地成为国人在高速发展过程中苦逼奋斗的舞台代表。

下文是我在2010年亚运会期间写的。直到现在，文字所描述的状况是否依旧堪忧，未来又是否会变本加厉，我浸淫已久，恐怕已经麻木到难以发表观点了，所以我还是欢迎大家有机会的话，来广州实地考察比较一下。

今天那个人啊，特别是烈士陵园那一站，我来广州十年了，还是头一次见这场面，把我完全看蒙了。十年啊，广州的人是越来越多了，再过几年我都怕住这儿了……对了，我现在已经转公交了，以为公交会少一点人，的确，比地铁是少点，可我现在还是跟人贴得动都动不了。我还是宁愿他不免这个费呢！唉，不说了，我还是省点力气挤车吧，不用等我吃饭了。这样挤法，可以等我吃夜宵了。

——公车上某位仁兄的电话应答

已经预料会很多人的了，可我今天还是过了三站都没有挤下车，紧靠身边的那老娘们儿怎么挤也挤不开，妈的跟座山一样壮。后来眼看就第四站也要错过了，我只能不要命了，使出吃奶的力气往外钻。妈的，再不让我出去就迟到了，迟到一分钟扣一元钱啊有木有！满半小时算扣半天工资呢有木有——结果，我前面的那座山一副悠然自得的样子任由我挤，因为根本挤不动，她也被人堵死了。更讽刺的是，她这人还挺乐观的，用颇带革命主义的乐观情怀笑着跟我说："别费力了，我都过了五站地，等下站吧……"后来，终于来到公司了，迟到了半个多小时，半天工资算是泡汤了。值得欣慰的是，一看，发现部门其他同事也来得参差不齐，最重要的是，咱头儿都还没赶到呢！他的车今天限行，现在肯定也不知被挤到哪个角落去了！哈哈！

——某好友的QQ聊天文字

看完以上两段文字，相信很多广州的朋友都深有体会吧。伴随着亚运单双号限行号角的吹响，广州亚运大礼包的重头戏——"公交地铁免费乘"方案正式开启已到第三天了，而我也从第一天的彻底崩溃，到第二天的绝望无奈，到第三天的宁愿打的也不愿蹚这免费的水了——可谓响应了广州政府"理性选择出行交通工具"的号召。看来前两天免费地铁好不容易省下的八元钱，今天一下子就要倒贴回去了——"出来混的，迟早要还"这句话太对了。只是我没有想到会这么快而已，起码让我有个时间差享受点利息的快感也好吧？

接下来还有一个多月的所谓优惠，我作为一介身材单薄面黄肌瘦的广州市民，估计是无福消受了。单不要说担心挤出个身体零件潜在问题，光就时间成本来说也完全不划算。我粗粗地算一下，先不按照我现在的时薪来算吧，即便是按现在大学的最低标准，一个小时十元的勤工助学款来算（我毕业那会儿是八元的最低标准，都这么多年过去了，涨两元已经是最保守估计了），平均每天花在路上的时间起码要多四十分钟，也就是说，起码亏了六元。由此可以得出如下结论：

1. 时薪高于大学生的标准，也就是说月薪高于10×8×25=2000元的白领们，搭地铁的话就是亏了；

2. 原来每天上班来回的车费小于六元的白领，不管月薪多少，都是亏了；

3. 平时就乘车免费的老人同志们亏了，都是不要钱，空间感小了不说，一不小心把身体毛病挤出来那还了得？

综上所述：只有时间充裕到无法打发而且非常爱热闹的、身体强壮的大学生或不担心被性骚扰的女大学生、低保居民、路途遥远到离谱儿的白领们才会最大限度地感受到这个礼包的厚重度的。

当然，我从来不怀疑这次大礼包政策的出发点是好的，是善意的，是利民的——起码是打算利民的，但正如说踢球的时候你打算解围可是一不小心就把球顶进了自家球门一样，你总不能说初衷是好的就什么责任和后果都不顾了吧？

很多年前，我住在一个人口不到五万的小县城，梦想着有一天到人口大于千万的大城市，去那儿念书、工作、恋爱、扎根，因为那儿有宽敞的公路，有性感的姑娘，有静谧而充满着张力的酒吧，还有无限多的就业、再就业机会……

然而，如今随着城市人口密度的急剧膨胀，随着漂亮姑娘都前赴后继地奔三或奔小三去了，随着工作压力似乎如同传染病一样渗透到这个城市里的每一个人群，我还希望留在这样的一座大城市吗？我不知道，或许应该由时间来告诉我吧。

Chapter2

右眼 看的是雾

当我们在看时，我们看到了什么

有人说，在我们这个时代，
被浪费最多的资源不是水，
也不是公款，
而是人们的目光。
那些曾经梦寐以求的东西，
用尽目光去凝视的美好，
最后却可能成为被人遗弃的廉价之物。

沉默可能产生误解，我需要说话，
说话将我推向歧途，我必须沉默。

——(德)赫塔·米勒《国王鞠躬，国王杀人》

开不了口，立马动手

题记：从沉默到动手，是话语权的缺失，是无力感的纵生，更是社会矛盾的激化，以及对生命的漠视。

自由人文作家王小波曾写过这么一篇文章，名叫《沉默的大多数》。里面谈及中国人的沉默问题，说到大多数国人在面对问题时习惯选择沉默，就像面对自己屁股上的痔疮一样羞于表达。

当然，这里的大多数也要包括小波自己。为了说明这个习惯并非那样不好，他还举了一个偷单车的例子。这个例子甚是有趣、生动而且形象，唯一的不好之处就是连他自己都没说服，因为王小波在经历了多年的生活磨砺之后，最终也选择了不再沉默。

说到不再沉默，有的人开始开口说话，有的人决定动手行凶，两者的差别不言而喻，结果亦大相径庭。问题是，在“五讲四美三热爱”了多年的今天，为何越来越多的朋友喜欢废话少说、动手爆粗，甚至目无法纪地恣意杀戮、祸及无辜……这确实是一个值得思考的问题，即便我们一时半刻找不到答案。

众所周知，中国的今天已经发生了天翻地覆的变化，而且势头之迅猛似乎任何国家都无法遏制。与此同时，越来越多的国人不再闷声不吭、逆来顺受，不再忍一时风平浪静、退一步你好我好——这到底算是翻身做主扬眉吐气当了主人呢，还是“鸭梨山大”逼上梁山做了恶人？我也不知道，大家先看看以下几组不算太旧的新闻吧。

2013年最震撼的杀人事件莫过于发生在美丽的滨海城市厦门的公交车纵火案，此案死伤特大、影响巨大，起因却微乎其微、不足挂齿——大家想知道的可以上网搜搜，关键字“厦门、公交、纵火”即可。此外，一连串发生在全国各地的恶性杀人事件可谓是这方唱罢那边登场，其中最有“看点”的莫过于上海复旦大学的同室投毒事件（说起来惭愧，嫌疑犯跟笔者还曾经是校友，算是本人的同院师兄，没准儿当年还一起踢过球），新疆库尔勒市“3•7”恶性杀人案件（我纳闷的是为何这个号称心灵纯净的地方总是爆出恶性事件），此外还有上海“6•22”特大杀人案，以及特特大的湖南昭阳辍学高中生九天跨三省残杀七人惨案……

要说这些案子的共同点，那就是积怨过深、无法解脱，继而朝别人动手，至于那些跟自己过不去的就更加不计其数了：中央美院某知名教授的结发老妻因老公多次出轨难堪其辱后留遗书自杀；紧接着是发生在广州市白云区的四名年轻小伙子集体烧炭自杀事件，死因截至本文写作时尚未查明；此外还有高考落榜生不堪重压自杀之怪谈——哥也是高考过来人，哥当然知道高考压力山大，但哥不知道的是现在高考压力大到足以让人致命……

乍一看，这些新闻怎么看起来都像是演义一样，一个个从小说、电视或电影中搬了下来，赤裸而真实，残酷而肃杀。最可悲的是，它们在一次次刺痛着我们内心的同时也在麻木着我们的神经，以致我们都分不清：到底是应该感慨人生如戏，还是戏如人生？

最近人气有些下滑的鲁迅（事因中学的语文教科书对其作品有所删减）有一句耳熟能详的话："不在沉默中爆发，就在沉默中灭亡。"这句话的意思大家都知道，背景大伙儿也清楚，不就是纪念刘和珍君，打倒反动派吗？本文之所以还要拿来引用，言下之意是高压战争远未结束——当然，这里的高压战争并不是指冒着硝烟和战火抵抗中国反动派的运动，而是指那些每天发生在我们的内心，虽不为人知但却不断吞噬着我们的心灵战争。

可这到底算不算当今社会焦虑人士动手的真正原因呢？

显然不是，纵观前文所述几组耸人听闻的亡命事件，对于当事人作案动机，我想大致可总结为：对制度的强烈不满，却又无力改变，唯有报复以泄欲；对不公平的强烈控诉，却又难以扭转，唯有自绝于天下，指望来世再投个好胎，落个可以拼爹的好出身。当然，还有些人觉得自绝于天下便宜了某些人，于是便找一批发泄对象——甭管无辜不无辜——同归于尽算了。总结成一句话，就是被逼上梁山，忍无可忍，开不了口，唯有动手。

说到开不了口，有一个时下流行的东西不得不提一下，那就是微博。

微博在中国能风行成这样，创始人杰克•多西肯定是抓光了头发也意料不到。从之前的查找拐卖小孩到后来的毒面包曝光事件等，微博居然逐渐代表了一种民间正义，一种草根的话语权。换句话来说，如果没有微博，没有这个可以倾诉的窗口，我们的社会或许会出现更多的动手事件——这一点我可以跟大家打赌，而且愿意赌上十元钱。

由此我们还可以得出这么一个结论：微博在中国能够构成如此特殊化的应用，一来是因为人们内心的孤独，二来是因为人们话语权的缺失。当然，目前微信有逐渐取代微博并肩负起其作用的趋势——不过话说回来，对如此怪状，就我们社会而言到底算是幸运呢，还是不幸？抑或是不幸中的大幸？

答案其实并不重要，真正重要的是，如果说一个人的偶尔动手或许只是鲁莽和无知，那么一群人的频繁动手又意味着什么呢？是社会某种制度的不完善，还是贫富差距过大的矛盾激化，抑或是经济浪潮冲击下的人文精神缺失？作为读者的你，心里或许早已经有了答案。

如果当年王小波能够幸运地挺过1997年，一路跟李银河丁克地活到现在，看到社会如斯，怪状丛生，没准儿会续写一篇沉默篇，名字就叫作《动起手来的大多数》。不过考虑到现在的大多数（特别是准备动手的朋友）不太爱看书了，所以最时髦的话语权还是从一百四十字以内的微博开始吧：

“我们活着的这个社会，到处隐藏着动手能力超强的公民，他们在自己的岗位上发光发热，最后变成一种昙花一现的媒体现象。逝者已投胎，无须记挂；活着的人还将继续追求更好的活法，即便碰得头破血流，即便成为无辜冤魂……”

文学的力量

众所周知，生活这玩意儿，有着无限的美好，但也有众多的苦逼。对于前者，没什么好说的；而对于后者，有的人选择隐忍，有的人选择疯咬，当然更多的人选择诉说——只要别变成祥林嫂，说出来总比藏着掖着以致某天突然爆发好。

如你所知，文字是另一种说话的方式。有关这种方式，王小波曾经做过深刻的阐述，阐述他从原来沉默的大多数到后来偶尔也出来说说话、表表文——即便这种改变让他有一种丧失童贞的强烈感受。我高中的时候成绩很好，好到可以无视学校的明潜规则，可以忽略班里的大小规矩。后来顺理成章地念了所好大学，但碍于种种原因，失去了学习好的优势，继而也失去了很多的话语权，连失去童贞的机会（女朋友）都难找，一时间很难接受——有些同学遇到这种情况可能会在日复一日的游戏世界里寻找心灵的慰藉；也有些同学则可能去参加什么活动协会，找到“心”的团体。我只是突然有一天发现文字能够让我找到平衡，于是便顺理成章拿起了笔杆子。当然，从长远来看，这可能要比拿起鼠标还更糟，但我愿意赌一把。

说到文字的力量，我想提提曾经看过的一张照片，这种照片并没有多重的口味，但时隔多年，我却依然印象深刻。

照片的色彩不浓烈却丰富：柔白、清澈、洁净……有一扇小小的窗户，金色的阳光斜射入内，随意地铺在雪白的床上。床是病床，上面坐着位赤脚姑娘：白色口罩、亚麻帽子，看似“密不可封”，但从其身形和眉宇间可隐约发现她清新成熟、身材曼妙，正是恋爱和泡夜店的好“季节”！

然而，照片并不是想说有这么位姑娘，身处豆蔻年华却身患重病，老天无眼，嫉妒红颜。照片真正想说的是，姑娘虽然重病在床，却依旧手捧厚书，忘神地看着——确切来说，是在读。没有痛苦，亦无悲伤，时间似乎刹那间遭到了搁浅。

照片的一角，还留有一段简短有力的钢笔字迹：文字的力量。

众所周知，文字的力量跟女性的年龄或男性的牛皮一样不可估量。而作为文字本身，除了文案和文书，它还有一种最艺术的表现形式，我们管它叫作文学。

《蜗居》里有一句对白：文学嘛，就是鱼上的香菜。有鱼香菜才好看；没鱼，一盘香菜你吃得下去？

暂且不评价此观点的对错吧，单说它能够成为经典台词，得以一时传诵，必有其原因，比如说迎合了当下城市人群急功近利的心态，或是对“朝闻道夕可死”之文化精神的蔑视？如果真的是这样，那么在这种心态和蔑视的背后，也许还藏着另外的东西，或者是对日子的不淡定和对生活的不自信，继而导致了安全感的缺失——而这也正是当下文学所面临的困惑吧——至少是笔者所面临的困惑。

有人说，比起近年来的物质飞速发展，文学精神更像是一个失宠的孩子，被遗忘在失落的角落，得不到真正的成长，甚至还有人怒斥道：文学精神早已逝去，跟着一起逝去的还有文化人对文学的那一份热忱！

对此，其实也并非空穴来风。一直写稿的朋友应该会知道，这些年来的稿费跟中国足球一样，一直没多大变化，没准儿还有下滑的趋势。比如说一两千字的稿子，纯原创登在普通报纸的副刊上，也就是几十元稿费而已，少一些的估计吃份儿兰州拉面都不够，没准儿还要搭上电话费去催呢。

也就是说，如果想纯粹靠写作来维持生计的话，大部分的撰稿人得像生产手机的工人一样批量出品才行，要么就得有个名气。即便是稍有名气的作家，累死累活写本书也收不到多少版税，要养活一家老小还得去家乡的文化站写写宣传册什么的，暗地里再用另外的笔名帮黄色画册配几段文案补贴一下。

至于说那些网络写手就更不靠谱儿了，彻夜去更新文章，纯粹是靠体力熬夜活儿，可报酬呢？几千字订阅不过几毛钱搞定，就算是大神级作家换个几千上万个人订阅，赚这么点钱还不够去看肩周炎的呢。

前阵子，我去了趟云南，其间遇到个老外——严格来说也不老，属于小老外，20多岁（至少看起来是这样），跟她神侃，说到她现在满世界乱跑，这回刚好跑到中国。我说："那还是挺有缘的，你是富二代吗？"她伸出食指在空中画了一个圈，然后杏眼圆睁地问什么是"圆"，什么又是富二代。我顿时白眼一翻，换了个问法，说："你一小姑娘成天在外面游玩，花销不小吧？到底是做哪行的？"

她笑了笑，说她是专栏作家，一个月写两到三篇稿子的样子。话音未了，我便送上了目瞪口呆。她旋即补充道，说像她这样的作家很常见，稿费在她们那儿也很普通，顶多也就是中等水平。

类似的情况韩寒也曾提到过：作为一位国内的顶尖畅销书作家，他一年的版税最多只能在上海郊区买个小户型的二手房而已。但是在西方，跟他同属顶尖畅销书作家级别的早荣升富人级别了。

由此可见，文学的价值得不到有效认同是文学精神流失的罪魁祸首——不过，也有很多人把这个归结于现代文明的高速发展，完全符合自然淘汰的规律和法则，但事实上是否真的如此呢？

要知道，从上古时期的在墙壁上鼓捣，写一首诗累得跟在码头搬运了大半天一样；到后来的跟大熊猫争竹子，一封百字的情书得废掉几十斤的竹子；继而发展到绸缎时代——但这种绸缎还真不是一般的老百姓能用得起的；然后拜蔡天才所赐，祖宗用上了轻便且便宜的纸张；接下来一发展就发展了两千年，来到了电子时代，我们开始看电脑、iPad、手机……未来还会有新的文学载体出现，人类所需要的文学精神可能还会披上更多的外套，但其内心却一直保留着一份单纯的力量。

“诚品，让读书永远不打烊。”

在台湾有这么一个说法，如果101大楼是台北的地理地标，那么诚品书店则是台北的文化地标。就是这样的一座地标，一直在致力于成为独具一格的文化创意现象，事实上它也做到了这一点，让我们真正看到了文学的力量。这种力量让我想到了作家冯唐的一句话：用文字打败时间。他希望文字可以作为一个长久的存在，而不是一种在现阶段的畅销实体。

暂且不说能否真正打败吧，毕竟时间不老也无情，与其说打败，倒不如让文字化成一缕诗意，慢慢打扮时间，细细雕琢时光，努力点亮自己，再点亮别人，要一不小心点亮了世界就更好不过了，“有一口气，点一盏灯，有灯就有人”。

如你所知，中国人总算划时代地获得诺贝尔文学奖了，普天同庆，咱们也不能谦虚过头，这一大奖的确让即便是事不关己的国人也扬眉吐气了一回——尤其是击败了目前敏感的大热之选——日本选手村上叔叔。从某种程度上看，它很可能改变并且推动中国现代文学的发展。

然而从本质而言，文艺其实无所谓复兴，因为它从未衰落过；文学也无所谓凋零，虽然精神有所流失，但它绝不会消逝。正如记者问莫言获奖对他个人有何直接影响时，后者回答："对我个人来说，意味着这一段时间我要接待你们。"

满意度

近年来，国内开始不断地兴起移民热，而且这份热度如同各地城市的房价一样，疯狂见涨，足以让人忧虑，毕竟移走的都是有钱人、“有米族”，跟他们一起移走的是大量的财富——最要命的是，这些财富很可能还未必干净。亲，挥一挥衣袖，带走的不只是一片云彩哦！

从另一角度来说，在大量的移民群体中也不乏白富美和高富帅，他们的出走大大降低了屌丝逆袭钓到富家女或小金龟的可能性，很多偶像肥皂剧也顿时失去了现实的铺垫，变成纯粹哄骗中学生的空中楼阁。

说到移民热，我不由得想到了几年前的一部电影——那是伟大祖国成立六十周年的好日子，正所谓普天同庆、万物欣荣，某些著名导演抱团儿拍了一部名叫《建国大业》的电影，制作团队堪称恢宏，演员阵容堪称豪华，个个都是腕儿，人人号称零片酬，而且为了给这部大戏在国庆档期护航，还特意延缓了美国大片的引入时间，结果票房屡创高峰。

多年过去，如今我再次想起那部年度大戏，却想不到什么经典桥段，只有一些零碎的超豪华明星阵容之英姿飒爽的客串。除此之外，最让我印象深刻的是这部电影的海报——其中许多著名演职人员都是外国国籍，还在海报上有特别说明。

我当时就纳闷了，找谁不好，为啥找一堆“外国人”来演这部戏呢？而且还偏偏要在海报下面标明国籍，赤裸裸地，这不闹着玩儿吗？当然，还有一种可能，那就是我个人觉悟低，理解不了其中的宣传玄机，而且还一直无可救药地低到现在，因为直到今天，我还没整明白这海报的意图。好心的读者要是有高见，望在本书的读后感中提提，我深表感谢。

韩寒曾说过：我不会移民，因为我喜欢的人都在中国。然而，对于很多的人（可能也包括许多明星）来说，他们的理解是：我喜欢的人都在中国，所以我要移民。

总的来说，除了众多的有钱明星之外，移民的大多以新生富豪为代表，而且移民的手段主要是投资，其中不乏一些知名企业家。

有数据统计，自1978年以来，有264万中国学生留学海外，仅不到109万人回国。前后一减我们便愕然发现，有150多万青年才俊流到了海外。

由此可见，大量的高学历知识分子也慢慢成为移民的主力军。他们为啥要走，而且还走得如此迫切，我作为一个没有移过民也不打算移民的人，恐怕难以提出什么高论。不过要是让我猜的话，我猜他们可能寻找的是：一、优质的教育；二、健康的环境；三、安全的食品；四、规范的法律；五、身份的象征；六、重新发展的机会。

不管是以上六点的哪一点，归纳为一点就是更好的生活，至少是移民者自认为的更好的生活。我有一个老乡，在广东北边的农村，小学毕业，本来在家里过得好好的，娶的是村花、住的是别墅、开的是轿车——虽说是国产，但起码是四个轮子的。有一次他来到广州旅游，发现这个城市特别干净，而且这边的人看起来一个个都有礼貌，美女又多，地铁也方便，想到小孩子要是在这里长大，以后肯定更容易出人头地。接着，他就开始想尽一切办法搬了过来——然而事实上是不是如此，结果是否能够如意，大家自己心里有数，我只是做个类比而已。

众所周知，如今房子成了大多数中国人的心病。据统计，北京购房，新盘要是五环之内，四百万估计很难拿下，无论怎么强调“资源”、怎么强调“人脉”，你花几百万在北京买套房，连个北京户口都办不了，不是吗？但是四百万却能够让你有移民的可能，而且选择还不少，加拿大、美国、澳大利亚，任你选，努力再奋斗一下，新加坡也不是不可能。

这意味着，中国某些地方的房价已经高到赶上移民的价了。当然，我们也可以和谐一些去理解，某些友邦国家怀着恶毒的心理把移民价拉低到了中国的房价基准，意图不可谓不险恶，就是希望把原属于中国的最具有奋斗力量的中产阶级给挖走。另外，随着祖国国力的日渐强大，某些国民（尤其是娱乐圈的有钱公民）崇洋媚外（尤其是媚“美”）的心理日益加强，并且形成了一种可怕的攀比风气。与此同时，某些公民抗小挫折、抗小困难、抗小小不得意的心理也特别不强，一遇到小问题就吵着移民，没有不屈不挠、死磕、曲线救国的精神。

所幸的是，在这样的大背景之下，我们还听到了另外的声音：移民其实是个围城，里面的人想冲出来，外面的人想进去。

广东省外侨办的相关负责人表示，这几年，特别是金融危机之后，华侨华人的动态出现了一些变化，“以前是出去不回来，现在有回来的了，明显了”。说到回归的原因，大体有四点：一是国内多方面环境的改善；二是数千年根文化的乡情；三是国内为投资热土，更容易挣钱；四是国外不容乐观的经济形势。

然而，这些真的能够成为大家回归的原因吗？我看未必。

从数据上来看，除了众多的明星以及个别冠军、准冠军之外，目前大多数的移民者都具备以下共性：受过高等教育，在国内有五年以上工作经验，教养良好，地位较高，收入可观。他们有的曾是大学老师，有的曾任公司主管，有的是技术骨干……混得都还OK，但一旦他们到国外之后就会发生巨变——他们甚至一个个演变成了卡车司机、超市货柜员、收银员、推销避孕套的……但他们的目标是为了儿女和家庭，抱着“牺牲我一个，幸福下一代”的悲情思想。这种思想将会是他们回来的巨大鸿沟。说白了，回来只能证明他们当初的选择是错的，但其实没多少人愿意证明自己是错的。

叶落终须归根，狐狸死之前尚知道遥望生它养它的故乡。面对目前国内的社会环境和生活环境，移民虽说是一个办法，但却未必是最好的办法。当然，你硬要说你是地球公民，国家意识淡薄，民族情结薄弱，我也没话可说。

总而言之，想留的赶不走，但想走的却留得住，这就需要相关部门相关人士的相关努力了。不可否认，房地产这一老生常谈的问题也是一强大的催化剂。须知，催化剂下的量多了，总会有一些扭曲的事情发生，事情发生多了，难免有一天会落在自己的头上。

自由的猪和磨面的驴

小时候，我就知道自由是一样好东西，但没想到会是这么好。记得那时，总有很多的人在我们耳边说：比起自由，还有很多的东西要重要一百倍，比如说用功读书考大学，比如说把对隔壁班的长发女生的情丝埋藏于心。他们说了很多，也说了很多年。换言之，他们教育着我们，用一种传道授业的姿态，以一种诲人不倦的精神。然而，多年后的我们再次想起这些时，觉得他们说的有的靠谱儿，有的则大为离谱儿。最可悲的是，在那些靠谱儿和离谱儿之间，我们已经失去自由很多年了。

诚然，比起古代的“君要臣死，臣不得不死”，当年的随口一句“清风不识字，何必乱翻书”便掉了脑袋的文字狱，以及旧时的门当户对、父母之命的强暴爱情，我们现在已经获得了前所未有的自由，理应敲破了大鼓庆贺——可我却一点庆贺的心情都没有，因为这些都不是自由，而是基本的人权，离自由还有十万八千里呢。

首先，我想跟大伙儿聊聊什么叫作自由。哲学上所定义的“自由”，是指对自己和客观世界的必然认识和改造。也就是说，要想获得足够的自由，首先必须有足够的认识，做到既不盲目，又不主观。“认识”这种东西，说容易其实一点都不容易。打个比方来说，如果一个漂亮的美女，她对大伙儿宣布说我是一个女的，而且有点姿色，所以可以简称为“女色”，这就叫作“认识”。但如果她说，我很年轻，也非常漂亮，以后肯定会嫁入豪门，这就叫作“认为”。两者的差别显然不言而喻。

由此可见，任何带有偏见的认识必定会导致改造的失败，从而导致自由梦想的破灭。因而，我们会经常看到有些人活得很憔悴，满脸的仓皇、侵入骨髓的疲惫。他们自由地走在世界的任何一个角落，却束缚在自己内心最隐秘的地方。

记得前几年，有一位香港大明星说过这么一句话，说中国人就是应该有人管，言下之意就是中国人的自由度太高，结果引起了轩然大波。民愤就像是干草堆里扔下的火星一样，一下子就燃烧了起来，也不管说这句话的时间、地点、场合和上下文。这种愤怒的可怕之处在于它夹杂着狂热的民族热情，生硬而强暴地把人分为敌我，而且还打着“国”字大旗，从而彻底地意淫了一把。

这份快感其实有点像是小学时我们去郊游，坐在巴士上，然后小明突然站了起来振臂高呼让另一位同学表演节目，比如说：“小露，来一个！来一个，李小露！”一般这时候，除了小露之外的其他同学都会盲目地high起来，热情高涨地跟着瞎起哄，浑然不顾到底让小露来什么，她会不会来，或者车上有没有小露这个人。

当然，这只是一个比方，内容本身无害。我只想借此说明一个道理，虽然很多人都具有起哄的无比自由，但却带有一种无可救药的盲目。这就如同一群被打开了猪圈的猪一样，自由地奔跑在广阔的天地间，却不知道要跑去哪儿，为何去奔跑。这样的后果就是——一不小心就欢快地跑到了屠宰场。

哈佛商学院的《管理与企业未来》一书中提到：自由是人类智慧的根源。也就是说，我们之所以能够创造出如此空前璀璨的文明，很大程度是因为解放了思想的束缚。

有关这一点，其实并不容易，因为忙碌而勤劳的中国人太缺乏自由思考的时间了。设想两种生活：一种是在监狱里，里面的基础设施都很齐全，上网不要钱，而且用的是4G网速的三核电脑，此外还有个图书馆，有着看不完的古今中外的书。另一种则是在大千世界中，让你每天为了一口饭、两件衣、三代人赶早去挤公车，晚上很晚才回家，其间上的班又不是你喜欢的，房子要不吃不喝十年后才能赚到首付，老婆能挑个二手的算不错了，一不小心还可能是二婚的。

我相信，80%以上的人会毫不犹豫地选择后者。

当然也有人会坚定不移地选择前者，比如说王小波。作为二十世纪最伟大的文学天才之一，“王小波一生酷爱自由，不懈追求自由的价值、自由的写作和自由的生活方式”。有关这一点，可以从他四十一岁从中国人民大学辞职，成为一名自由撰稿人中得以证明一二。

然而，并不是每个人都有如此勇气，可以义无反顾地追求自由，做自己喜欢做的事情，把生活的束缚丢在一边，潇洒地走在寻找智慧的路上。但可悲的是，我们很多时候宁愿随波逐流，也害怕去尝试，哪怕一回——即便我们连三十而立的年龄都没到。

前几年，我在一家化妆品公司上班。众所周知，对于一个男人，而且是直男，待在化妆品公司的好处就是可以成天跟女人打交道，其中也不乏女色。不好之处则是容易一不小心被女性化了。当时带我的是市场总监，一个戴眼镜、精力旺盛的中年单身男，人挺不错的，在我们这个小行业里也算是半个角儿。其实我们挺投缘的，都不吸烟也不喝酒，有时候坐下来只会谈个心什么的。

有一次谈到工作的意义，我非常好奇，他这么努力去工作到底是为了什么。结果他给了我一个出乎意料的答案，他说他是为了自由。当时，我不太明白其中的意义，还觉得他是个浪漫主义者，现在想起，才恍然。

我还想举一个例子，是我的一个师妹，毕业后去了一家外企，刚开始一切都挺不错的。可两年后的一天，她突然发现上司经常让她做私人事情，比如说为其老爸找静脉曲张的主治医生，或是给其宝宝找音乐光碟，就差没把她当作自己的保姆使唤了。

对此，她是敢怨不敢言。要知道，我师妹是一个很上进的人，有能力也有理想，平时工作也挺刻苦的，买衣服化妆品也都网购而不去逛街，只是为了省些时间奋斗，最主要的是她现在已经毕业多年，不再是那个刚进公司什么都抢着做的小跑腿了。最近，她终于下定决心跳槽，因为她再也无法忍受花大量的时间去做跟工作无关的琐事。用鲁迅的话来说，这简直就是谋杀！

既然人家要蓄意谋杀，谋杀我们的时间和自由，那么最好的办法当然是揭竿起义。然而看看我们周围，每个紧绷着神经的人都在疯狂地忙碌着，没有人真正关心你的时间、你的自由、你的思考、你晚上睡觉的时候是否会失眠，甚至连你自己都不在乎了。我们就像是围着石磨转的驴，日复一日地磨着面，目光呆滞、脚步沉重，直到有一天白发尽染、丧钟敲响。

王小波如果还活着，如今也过六十岁了。当白发苍苍的他站在新世纪的浪尖上，看到多年后我们的文明更发达了、物质更丰富了，可自由的程度却没有多大改变，那些曾经追求自由的人都已经离开，或者正在离开，他还会一如既往地发出自由的呼声吗？

“仙人已随黄鹤去”，然而，代替他呼声的思想却从未停止。记得有一本叫《佛祖在一号线》的书非常火，其作者李海鹏就曾说过，如果让他在社会的众多羁绊中钻营，比如跟某个中产阶级吃一顿无关痛痒的人情饭，那倒不如像他的朋友那样，回家看新买的液晶电视，再要不就“骑着猪去环游世界”，只因那自由的阳光在前方不断招手，内心的热情依旧不减地在秋风中摇曳。

众所周知，纽约有一座自由女神像，象征着自由和文明。可在地球的另外一边却有很多的自由落体，从楼顶或桥上，让人感受到生如夏花——即便从来就没有灿烂过。

柏拉图推崇的《理想国》是一个由哲学家来统治的贵族共和国和理想的奴隶制度，托马斯描写过的《乌托邦》则是一个没有剥削、没有阶级压迫的理想社会。可在我眼中，真正的理想国和乌托邦应该是一个自由的国度，其有着一个宽宏公正的制度，每个人做着自己爱做的事情，并努力成为他们理想的自己，而不是一头自由的猪或磨面的驴，任由若干年后的墓志铭上写满了荒唐、悔恨和泪水。

车中窥豹

近年来，国内有关车里发生的故事是一个比一个精彩，一个比一个演义。正所谓人生百态，生活如戏，车只是一种交通工具，却没想到，一不小心便承载着很多人的命运，缩影了社会、黑色了幽默，成为了谈资，也荒诞了世界。

首先想说的是一个我前不久看的视频：事情发生在上海的地铁上，一个男的假装在看手机，手却在姑娘腿上游走，姑娘敢怒不敢言地走开了，谁知这位爷还不死心，继续跟上去扮演“电车男”。还有一个更有意思，是一个男的被骚扰了，以致后来该男子搭公交都有些阴影了。

如你所知，这两个骚扰事件只不过是被曝光事件里的极少数，更多的而且更奇葩的随时都会在每一个角落上演。大家如果在生活中多一双八卦的眼，自然会留意到。

不可否认，对大多数的“直男”来说，车和车模都是一种巨大的诱惑，前者是成年男性的玩具，后者则是他们当仁不让的情趣。如今为了满足大家的情趣，各大车展开始想尽一切办法，不断挑战大众眼球，美丽而性感的车模从全国各地运来，荟萃一地，全力以赴地搔首弄姿，并且毫不犹豫地从以前的拼脸、拼腿到拼胸时代，迅速跨入了拼裸时代。

最近某地的某车模，一身银色太空着装，腿之间有一半完全是裸，而且一直延续到上身，看样子像是一个裸女突然有一半给喷了银色油漆，甚是养眼。此外，号称中国第一裸模的某露露也频频出现在车展现场，着装一次比一次有新意，正好印证了车模裸露无底线的时尚法则。

对此，男性同胞可谓是过足了眼瘾。然而作为社会上的种种现状，似乎就走得有些浮躁了——即便这种浮躁的背后隐藏着众多的无奈。

说到车，不得不说一下广州的车牌。目前广州的车牌杂交了北京和上海的政策，一半竞拍一半摇号。要说摇号，那是一个跟中奖一样的小概率事件，我身边这么多人摇号（也包括本人），而且一摇就半年，眼看着车牌从一万元底价上升到两万五千元，可还是没看到有人中签，而且每月增长的幅度有急剧上升的趋势。考虑到上海现在已经竞拍到了八万元的高价，再考虑到广州的有钱人不会比上海少，那些还想继续摇号的买车者能否继续淡定呢？

除了拿车牌难，还有个事儿也难，那就是学车，尤其是在广州这样的大都市学车。这儿有一个例子，是我身边一哥们儿，总结成一句话就是，为了学车，他这么一个良民，小半辈子不知道派出所的大门往哪个方向开的人，却差点儿成了刁民。

事情的起由是这样子的：朋友去年年底报名了某知名驾校，可是一晃大半年过去了，依旧石沉大海，音讯全无。一打听，惊人地发现，类似的难兄难弟还有很多。他们均被告知，由于考证制度改革（这样“不可抗拒”的理由总是能信手拈来，比如说由于相关机构出台新规定、考点设施检修维护、社会主义精神文明建设太快，等等），驾校一半以上的学员要到明年才能碰车。

更郁闷的是，驾校还堂而皇之地声称其服务很好，比如说你现在想申请退学，完全没问题，一小时之内就能搞定——你去打听打听，其他驾校想退可没门儿！不过呢，退款也就只能退70%。账一算，报个名，啥东西没学反要垫个千十来元。

大家也不是傻子，更不是富二代，当然不愿意了，赶紧组团过来讨要说法，第一批吃螃蟹的同学算是幸运的，很快就安排解决了，该考试的考试，该摸车的摸车。

我那哥们儿属于第二批去砸场子的。他们轰轰烈烈地组织了一大帮学员，还破费拉了条幅，做了KT板，联系了一些媒体，结果刚到驾校门口，就被早有战斗经验的驾校负责人给对付了——人家早就收好了风。警察也出人意料地守候了多时，还没等他们开始嚷嚷就纷纷带到所里问话去了，连跟着去的记者也未能幸免，一直折腾到凌晨才回来。不过，付出了这么多，也不是空手而归的，接下来的几周，驾校倒也经常通知他去学车，只是时间上有些应付不过来。人家教练一般是这样子约他的："喂，小哥，周三来学车，十一点半，晚上！"

孔子曾曰："不患寡而患不均。"最近国家也提了个类似的报告：权利公平、机会公平、规则公平。既然都提到了上头去，想必存在的问题也是不少。

这种常态的不公平放在学车上可表现为全面和局部两种。全面指的是有些驾校开快班，人家正常流程走下来可能要一年拿证，他们只要三个月搞定，钱给多些一个月搞定也不是浮云，以致培养了不少专业的"马路杀手"——所幸的是，目前这一风气已经得到了一定的遏制。

至于说局部不公平则是指，在每门测试的过程中，比如说你老兄刚考完笔试，如果啥事不做按正常流程等下一门倒桩，可能得排个大半年，但如果你"醒目"地给相关人员一些甜头，就可以很快安排考下一门，而且过考概率非常高。

一不小心就在学车问题上聊开了，还请各位读者见谅，因为本人最近也在学车，很多感受都是切身体会的。《屌丝男士》有一集很有意思，说一个小伙儿开车，特安静特紧张，旁边坐着的屌丝见此立马说道：“你是新手吧？”那小伙儿急忙点头说：“你怎么知道？”屌丝说：“老手应该这样子开车。”随之画面一切，变成了屌丝在开车，而且屌丝一边开车一边对着窗口发出一阵杀猪般尖锐的叫骂声音，歇斯底里，畅快淋漓，夹杂着肃杀的气息——这是在骂别人开车或走路不长眼。

说到司机的压力，可能让人印象最深刻的还是以前新闻上报道的一位香港司机，他的一句经典台词“你有压力，我有压力”可谓是响彻大江南北，跟后来的“我爸是李刚”一样红火。

当然，驾校的教练也特别喜欢骂人。我有一次学车的时候，突然现场就一片喧哗。一下车，发现原来是一名二十多岁的妙龄淑女系女郎，正站在单边桥（现已经取消）上叉腰挺胸、破口大骂，其骂语碍于文明写作，这里不便引述，只能说口味很重，换成句式的话，感叹号肯定不少。而在经过不间断的五分钟宣泄之后，姑娘猛地提高嗓音，高度总结道：“换教练换教练，换掉你TMD破教练，我要立即换教练！！”

如你所知，这是长期压抑之后的大爆发，其性质跟近年时有发生的灭门或灭舍惨案一样，更跟当下大城市挤地铁、公交的上班族的情绪压抑争座位，以致跟老人血拼雷同。也就是说，长此以往地伤自尊挨骂，别说是叉腰反抗，哪天新闻上突然播出某学员拔刀砍人的事儿也不足为奇。

最后，想跟大家分享一则有关车的广告，是我有一次去天津培训时老师给播放的，当时一起培训的有一百来人，老师播完广告之后就问我们这个到底在卖什么，在场的人几乎都不知道，知道的几个也是因为之前看过这广告而已。

广告的内容很长，但配合着音乐很有戏剧张力，所以一点都不闷。广告的前面一大段都是讲司机在前面开车，坐在车后面的不同年龄、肤色、性别的人用各种各样的手段把不同的司机给杀掉，场面有着强烈的黑色幽默色彩。直到最后，才揭开谜底，原来是奔驰的smart牌汽车广告，至于广告的潜在含义是说：因为这种车只有两个座位，不用担心被后面的人干掉。

依我看，这则广告在我们这社会是走不通的。因为不管你再怎么smart，即便是只有一个座位的车，也有一百个干掉你的方法。

网言可畏

佛教有六道轮回之说法。六道具体可分为：天道、人间道、修罗道、畜生道、饿鬼道、地狱道。如今这个世界高速发展，信息日益爆炸，爱人随时变脸，天地更是随时变样。如果不严肃来说的话，恐怕得多加一个道了，那就是“网络道”。它既非善道，亦非恶道，游离于无间道之间。或许说，它两种都能沾上，是黑白善恶的矛盾统一体。

在网络这条道上，很多原本在人间恶贯满盈的中年失业大叔可以是刚回国的温文尔雅的硅谷有为青年，原本跟修女一样的纯洁大学小清新可以一夜之间变成满口秽语的艳舞视频女郎……至于说到变性啊、变国籍啊、变形金刚啊，那就更加易如反掌，套用卖运动服的李老板的一句广告语则是：一切皆有可能。

据中国互联网信息中心的统计，截至2013年，中国的网民突破六个亿了。正所谓有人的地方就有江湖，网络上这么多人，这个江湖肯定小不了。

“江湖险恶”这个公论相信大家是不用质疑的吧。依此类推，网络这个大江湖里的险恶情况更是如此：深陷网言之间，轻则名誉扫地，重则身败名裂，更重者甚至丢了“卿卿性命”。比如说唐骏的“学历门”、韩寒的“代笔门”都是跟方大侠之间的江湖较劲。前扇门让“打工皇帝”摘下了荣誉称号；后者的主角只能靠不知从哪里翻出来的十年前的手稿以正清身，却越辩越浊，甚至连一米七的疑似身高都难以保障。

这一切，当然还得感谢1990年的英国教授蒂姆·伯纳斯·李。拜其所赐，“网络”这种新玩意儿横空出世，如同一道巨大的惊雷，把我们的世界炸得变了一个样。在这个世界彻底变样之前，我的世界已经逐渐开始变样。

记得我第一次触网的时候还是初中，那是一个苦闷无聊的夏天，青春痘和隔壁班漂亮姑娘的音容笑貌日夜纠缠着我，网络突然没有预兆地降临到了我们那个小城，如同后来的SARS一样轰动而猝不及防。

学校坊间传闻网络的世界丰富多彩，除了可以一口气看完鸟叔的《七龙珠》和高哥的《足球小将》之外，还可以看想看的任何东西。为此，我同一个叫作“瘦鬼”的朋友存了一个礼拜的零花钱，带着忐忑的心情，像是去参加传说中的美国成人派对一样，奔赴那虚拟而充满着诱惑的“黑客帝国”。

记得那天晚上，网吧的光线有些昏暗，但不至于昏暗到让人昏睡，我们喝着冰冻的百事可乐，异常欢乐地在网吧里消磨了一个晚上，畅游那个充满着新奇的网络世界，其间上洗手间的时候居然还邂逅了四十不惑依旧单身的班主任——这件事后来大家都没有提，仿佛从未发生一般。

一转眼，网络便迅猛地发展了这么多年，“网络道”也逐渐形成了规模，其首要特征就是出现了越来越多的新兴职业，比如说网络作家、网络歌手、“五毛党”、网络警察、网络风水师，更有网络视频女郎。

与此同时，网络环境也越来越多样化。从一开始乱七八糟的论坛到五花八门的博客、SNS，再到动辄转发上万条的微博，以及开始逐渐兴起用来“约炮”的微信……网民们交流的方式不断地发生变化，唯一不变的是那颗永远紧贴网络的心。

如今，几乎每个人都离不开网络，如同鱼儿离不开水一样，偶尔断网了就像是浑身长了麻疹一样不舒服，要是网速加快了，我们的思考速度也仿佛加快了。就这样，我们的言谈举止通过网络传播，我们的痛苦绝望通过网络蔓延。然而却忘了，网络的世界有着太多的不安全，什么秘密都是透明的：艳照门让明星私房事不安全，人肉搜索让上海虐猫女不安全，郭美美事件让红十字会不安全，微博打拐更让犯罪分子不安全……可这一切的不安全，并没有让我们远离网络，反而让我们更加死心塌地地跳落网窝，自愿成为落网之民。

“未来生活，也许网络不会杀了我们的身体，但它已经杀了我们现有的生活方式。”多年前，有一部叫作《黑客帝国》的电影，捧红了帅哥基努•里维斯，也让我们见证了网络的可怕。如今它的可怕已经逐渐走下银幕，来到我们周围，切身影响了我们，左右着我们的生活方式，把我们变成了宅男或网购达人，变成了空虚的网游高手或孤独的世界公民。

前不久网上还爆出这么一个彪悍的团体组织，说它既可以封杀王老吉，也可以高呼“我可以骚，你不可扰”。它掀起民意，它上天入地，它就是一手炒红杨紫璐、郭美美、干露露母女、苗家妹妹等人的幕后推手，它的主人被称“史上最牛干爹”——此“干爹”在网络江湖上掀起轩然大波，各路网民果断惊呼各种上当、各种欺骗，正所谓刀不血刃，剑未出鞘，便足以杀人于无形。

这个以名叫“立二拆四”的老男人为首的非法团体组织，利用无孔不入的网络强奸了民意，让很多人看到了被策划的真相，听到了被操作的感动，宣泄了无处宣泄的愤怒，更浇灌了从未希望过的绝望。当然，这样的人结果只有一个：绳之以法，新闻示众。

两千多年前，当孔子周游列国对着一帮弟子诲人不倦地传道授业解惑时，当苏格拉底跟老婆吵完架被赶出家门随后晃悠在古希腊的街头引导众人思考时，如果他们想到两千年后的今天，网络如此发达，世界如此联通，会不会仰天发出这么一声感叹：给我一部八核的电脑和一条20M的光纤宽带，我便可以网动整个地球！

Chapter3

口中 说的是谎

当我们在说时，我们说了什么

我们有着太多从别人那里拿来的期望，
也有太多从内心衍生出来的欲望，
为了满足期望，实现欲望，
我们见人说人话，见鬼说鬼话。

不在任何东西面前失去自我，
哪怕是教条，哪怕是别人的目光，哪怕是爱情。
——《成为简·奥斯汀》

你把那如水的秋波送给了谁

《西西里的美丽传说》是一部美丽而经典的电影，该片由意大利的超级名模莫尼卡·贝鲁奇扮演女主角玛莲娜。作为本片的女一号，性感尤物玛莲娜是一个嫁给了本地郎的外来姑娘，其无比S的曲线和格外时髦的装扮让她当仁不让地成了西西里这个沿海小镇的镇花，或者说女神。

时刻明目张胆地围绕在女神周围的是一帮骑着单车的少年。跟所有13岁的孩子一样，男主角雷纳托天真、快乐、不安分，对生活充满幻想——当然，特别是对性生活。

这部电影我大概是八年前看的，八年的时间足以洗刷一个人很多的记忆，但该电影却一直让我印象深刻，尤其是对其中一幕场景：在配有异国情调的音乐下，画面逐渐由远拉近，视角360°旋转，性感的玛莲娜从尘土飞扬的街角出现，徐徐走来，夹杂着无比肃杀的诱惑。与此同时，镇上的一帮单车男孩儿并排坐在路边的石凳上，用如水的秋波跟随着玛莲娜，直到街角尽头，然后男孩儿们立刻骑上单车，抄小路绕到下个路口，等待着玛莲娜的再一次出现。

我在想，如果这个玛莲娜的胸前或臀上贴上一个大大的某品牌商的logo，比如说单车品牌，产品一定疯狂大卖。

有人说，**在我们这个时代，被浪费最多的资源不是水，也不是公款，而是人们的目光。**

有关这句话，我是这样子理解的。我们每天上班推开家门，宣传单页便如雪花般插在门缝；在等候电梯时墙壁上的海报；然后挤上了交通工具，经过地铁（有地铁电视和平面广告）或公交（车身、站台广告）或的士（的士电视广告）……的多重洗礼，匆匆来到写字楼，按电梯前再看看电梯旁的电视，进电梯后又把目光移动到电梯里的小LED屏……

这些铺天盖地的广告每天甚至每时都在冲击着我们的眼球，它们跟踪和监测着我们的一举一动，直接或潜在地影响了我们对产品的购买——就这样，我们买了一大堆我们其实并不需要的玩意儿，并在日复一日的生活压力下，把炽热的目光送给了本不需要它们的地方。

试想，我们是否看手机屏幕的时间多过静静地看一本书？

是否在生活中尽可能找时间去接触陌生人交朋友以获得有价值的关系网，也没有时间看看家人和父母的脸庞？最可悲的是，我们是否一直顾着聚焦眼前的功利得失，而忘了长远的幸福平静……有人说，我知道你想说什么，你说的道理我都懂，但我们没有选择。

“以前登那么高是为让别人看得见，后来登那么高是为让自己看得更远。”这句话出自2013年6月不幸遇难的新疆著名登山家杨春风。作为一名登山家，他的遇难却与登山无关，而是扯上了政治——他是在巴基斯塔遭塔利班武装人员袭击不幸身亡的。这很可悲，就像是一名英勇的战士，没挂在战场，而是死在花柳病下。

然而，即便是付出生命的代价，有些人依旧无怨无悔地向往远方，希望保持目光的纯净。在我们周围，有不少人喜欢旅游，特别是到“乱花渐欲迷人眼，浅草才能没马蹄”的大自然，去呼吸新鲜的空气，看看美丽的山河，并且希望短暂地融入到大自然的清净当中，无忧无虑。这都是因为，**在我们内心，其实有一种渴望，渴望把目光从大都市里人来人往的背影中游离出来，移向内心的自己，重新去洗涤自己，还一个最赤裸的真实。**

我们对生命越来越漠视，这是一个快烂掉的社会话题，我这里不需要举太多例子，大家只要抽空看看新闻，一月一小闻、半年一大事，当然也可以看看过去不久的旧闻、比比皆是的案子。有的人是真的患了近视眼，眼睛摘掉眼镜就会模糊，有些人则戴上眼镜也看不清，或者因为没有时间看远方，或者是不愿意去看远方，抑或是碍于某些淫威，觉得一切都是徒劳。也就是说，我们变得宽容了，对罪恶的宽容，我们眼中的秋波开始不再炽热，我们对生活的神经开始跟大腿一样粗。

在西西里的故事里，女神玛莲娜最后沦落成为人尽可夫的妓女，而且还服务敌国的军人，不管是基于什么样的原因，这都如同我们的生活：那些曾经梦寐以求的东西，用尽目光去凝视的美好，最后却可能成为被人遗弃的廉价之物。

这算是人生的恶作剧吗，还是当初我们的目光就没有放好？我不清楚，乐观者和悲观者各有其答案。

十年前的一个夏天，天气很热，蓝天很蓝，我坐在除司机外空无一人的公共汽车上，透过窗外，看着公路旁边不远处的大海，海面在阳光的照射下波光荡漾，如同我荡漾的春心，阵阵的海风拂面而来，带着空旷而清晰的腥味，这种味道记忆中只在电影里出现过。

公交站的终点是学校的大门口，我下了车，拉着行李箱，进入一个彩虹形状的大门，门口的保安微笑着看着我："新生报到啊？"我点点头，还之以一个有生之年能给出的最灿烂微笑。

与此同时，我突然发现，在我身后不远处，有一对穿着时尚的女双胞胎正手牵手拉着行李箱迎面走来，她们的面孔逐渐清晰，美丽而动人、纯净而无邪，阳光从她们背后照下，在她们身上形成了一圈亮丽的光晕。我站在原地，看着她们，目光如阳光一般清澈，内心如阳光一样明亮……未来，为我而来。

外貌学院

假如你是一个高挑、性感的妙龄女郎，夏日的午后，清凉的你穿过密集的回头率，来到百货中心的一楼，那里充塞着各种化妆品专柜，你有些应接不暇，更有些眼花缭乱。突然，某个华丽精美的柜台抓住了你的目光，你欣然前往，听从专业导购的一番洗脑，很快便刷卡收货，同某高富帅飘然而去……

就是这么一个简单的购物过程，却暗藏着一个化妆品专柜销售的规则：不管什么原因，顾客一旦来到你的专柜，则表明了购买意图，其他品牌只能驻留在自己的一亩三分地，等待顾客的回心转意，绝不能越雷池一步地主动销售。

也就是说，柜台的形象将会是你的第一撒手锏。唯有形象够好，才能吸引顾客，继而促成销售，收到钱财——之所以引用以上这条规则，主要是想说明生活中一个再浅显不过的现象：以貌取人。

说到以貌取人，有些朋友可能会立马嗤之以鼻，不屑一顾，大呼狗眼看人低，有眼不识泰山，人不可貌相，海水不可斗量，高手藏民间，草堆里亦能飞出凤凰……

但与此同时，据《中国青年报》前不久做过的一项调查显示：71.5%的受访者认为社会“以貌取人”非常普遍，还有49.4%的人相信“改变外貌=改变人生”，为此我国每年整形手术高达三百五十万例——不可否认，这个数据还有直线攀升的趋势，即便是冒着毁容、残废甚至生命危险也在所不惜。

也就是说，虽然绝大多数的我们都不希望别人以貌取人、看客下菜、戴着有色眼镜看自己，但在骨子里却都是视觉动物，纯粹地追求“真善美”，拒绝“假恶”尤其是“丑”。

本人曾从事过日化行业，所谓的美丽行业和面子工程，深知脸蛋的重要性，特别是对我们女性同胞，没有一个漂亮的脸蛋，一来很难找到心仪的老公，二来很难勾引到别人的老公，三来还不好意思被自己的老公带出去。总的来说，这个行业的所有公司都利用女性这一属性，扩大她们的忧虑，从而达到营销的目的。

作为一个人最直观的标签，外貌的重要性在各行各业都有所体现，比如说情场，各种浪子情圣交际花等等，或帅气逼人，或玉树临风，或风情万种，或妩媚动人——无论是《非诚勿扰》还是《百里挑一》，各种相亲场合都是帅哥吃香、美女受捧。如果恰好极品帅哥邂逅白富美女，那更是收视率急飙。

除了情场，职场也不例外。《三联生活周刊》就有报道，美国商界有按一个人的相貌予以赏罚的习惯。因为他们相信，一般长相好的人更有自信，而自信又能带来更好的表现。对此，咱们国家也不甘示弱，一个个面试官似乎都是从“外貌学院”毕业的，通过率的高低直接跟外貌成正比。更有公司直接定出硬指标（如身高、三围），宁可要“潘金莲”，也不要“武大郎”。这也直接导致了美容医院的欣欣向荣，各种玩法如垫鼻、隆胸、抽脂等，只有想不到，没有做不到。

与此同时，在各种公关场合，美人计的推广也是充分利用了世人以貌取人的特点。比如古代的西施，被范蠡这小子用来对付夫差；王允则利用闭月的貂蝉，扳倒了自大的董卓。今日的各种场或各种圈的潜规则更是数不胜数，君不见各种五星级酒店、夜总会、红灯区，到处藏着搬不上台面的规则和潜规则。

有关以貌取人，我这里还想举一个例子。假设现在你有以下三个苹果：

第一个苹果，表面光滑红润，可里面是坏的；

第二个苹果，表面白里透红，里面是好的；

第三个苹果，表面有些瑕疵，里面非常不错。

据调查统计，95.2%的人选择顺序是：先光滑红润，再考虑有瑕疵的。至于选定之后能不能发现里面的问题只能靠咬一口才能知道。

举这个例子，是想引出管理学里的一个著名理论：烂苹果理论。其内容就是，上层更愿意提拔那些外表看起来不错的员工，至于是否真的有料，很多时候只有提拔完了之后才能发觉——最要命的是，即便是不久后发觉了，往往也不会自我否认，因为没有人愿意向别人证明自己当初的决策是错的。

这也验证了心理学里的“美即好”效应，即美丽的东西在人们的心目中很自然地跟好的东西联系在一起。有关这一效应，即便是圣人孔子也难以避免。他老人家就说过这么一句话：“吾以言取人，失之宰予，以貌取人，失之子羽。”

此话的来源是这样的，话说当年的孔老人家有两个弟子：一个叫宰予，又帅又能说会道，一见面孔子就对他的印象不错；还有一个弟子叫子羽，身材矮胖得像个球，相貌也是如车祸现场，孔子认为他资质低下，难成大器。然而经过一段时间的观察，孔子发现宰予好吃懒做，不思上进；而子羽却学习刻苦，作风正派。跟当初的判断完全相反，随即有了以上感叹。

众所周知，在人生的长期理想和短期利益的追逐过程中，需要有很多的筹码。外貌这个分量不轻的筹码其实是一个组合拳，拳法中包括天生的长相、外包装后的形象，还有个人的气质。

也就是说，如果不能指望咱们父母，那就得好好指望一下自我了。形象包装这里就没必要说了，至于提高气质的方法有很多，比如说读万卷书，行万里路——当然，这是一个比较直接的办法。此外还可以考虑建立一个积极向上、乐观健康的正能量价值观，带有一种好奇心地见多识广，遇百变而不惊，日夜修炼气场，直到哪天霸气侧漏、“拳法”精湛，实现理想。

最后，假设你是一个温馨、浪漫而且不愚蠢的男人，你来到高端大气上档次的百货商场，打算给自己心爱的姑娘买一套名牌内衣，但其实你根本不知道哪个更名牌。

你比较了一下，最后剩下两家店供你挑选，它们的价位都一样，装潢一样，服务也是一样专业。但其中一家店的服务人员，穿得很随便休闲，另外一家店则非常专业地穿着高度统一的服装，结果你会选哪家呢？

你眼中的财富

几年前，纽约时报的著名专栏作家托马斯写了一本畅销全球的书，名字叫作《世界是平的》。借用该书的理论，我想说的是，在这个扁平的世界里，每个人都可以在十五分钟内从一个Nobody变成一个Somebody，然后用另一个十五分钟跌落神坛。

近日来，郭美美就成了这么一个媲美于李娜和朱清时的热门词。不过遗憾的是，这个词的发热并不像后两者那样，要么振奋人心，要么破格出新，而是一石激起千重浪，叫骂声、揶揄声、嬉笑声、恍悟声是声声入耳——也就是说，这是一个很遭罪的“微”名远扬。

风波起源于一起再典型不过的炫富事件，却没法以典型的方式收尾，其中牵涉了红十字会、某公司董事会、若干个二线明星以及婚外情等利害关系，俨然像是顺藤摸瓜，不但摸出了瓜，还摸出了个瓜园，而且里面的瓜个个都是重口味的。

对此，口水和民愤就像是热带雨林的暴雨一样，铺天盖地地打来，湮没了当事妹和当事哥以及当事机构视线的同时，也湮没了事不关己却一直没有沉默的普罗大众——当然，这句话的重点是后半部分，因为这才是真正的大多数。

在聊这个大多数之前，我想先给大家讲一则寓言。说是有一个因为战争而荒芜了多年的百草园，因为无人打理长满了杂草，然后突然有一天跑来了个园丁，暂且不说这个园丁多会打理吧，他起码是非常勤快的——当然这不是故事的重点。故事的重点是，经过园丁的辛勤劳动之后，在这片原本都是杂草的土壤里，突然长出了一些漂亮的鲜花，此外还有一些小树。

小树最终会长成大树，大树还可能长成参天大树，但这依旧不是故事的重点（读者朋友别喷我，请继续耐心往下读）。重点是那些鲜花，她们长得很漂亮，然后一开花就四处叫嚣说：“瞧，我多漂亮啊，多鲜艳啊，多秀色可餐啊！”

于是大家围了过来，一边羡慕一边不忿，说：“这死不要脸的！准是跟园丁有不可告人的关系！受了特殊照顾就这般嘚瑟。”也有草说：“这臭婊子！简直不知羞耻怎么写！妈的还敢把自己认证为花仙子……”谁知，他们越是这么围观，花儿越是炫耀得厉害，还当众跳起了脱衣舞……

这个故事有着什么样的寓意呢？有的朋友或许会说：“这还不简单！花儿象征着炫富者，杂草则代表着普罗大众，炫富的人太可耻了，太恬不知耻，破坏了人们内心的公正标准！”

不可否认，这的确是寓意之一。可我还想说的一点是，在这片逐渐兴盛的百草园中，真正造就那些爱炫耀的花儿的并不是她们自己，而是其脚下的土壤。

试想着如果有一天，某个有钱青年，不管是雅阁女还是京城少爷，抑或是更多的张美美、李美美跑出来，说她家里的LV和香奈儿多到只能堆到六十平方米的房间里，幸好房子够大、双层江景别墅，要不包包只能送给隔壁的某某艺人了；她还说她有法拉利、劳斯莱斯等七辆名车（要是一周有八天就多买一辆车），每天开不同的车出去，出席各种上流社会的名流晚会，跟国内外的不同明星留影合照……

可是听完她的尽力炫耀之后，没有一个人评论，也没有任何人转发，甚至连看她一眼都不屑于浪费时间——这将是怎样的一个社会呢？是完全脱离了物质欲望的高度文明的自由社会，还是贫富天平公正、恩格尔系数特别低的民主社会？

我不知道，但我知道的是，不管是什么社会，反正跟现在咱们这个社会关系不大。

现在的我们，对于炫富现象，一方面看得口诛笔伐、慷慨激昂，跟五四的青年、六一的儿童一样激情四射；一方面又兴奋异常地抱着执著的信念追看续集，甚至直接升级为民间侦探去明察暗访。

之所以会这样，原因大致有以下两个：第一，我们怀疑别人所炫的财富是通过非正当、不公平的手段获得，作为一个内心充满着正义感的公民，理应感到愤慨，愤而不言非吾辈之所为；第二，你眼中的财富正是让这些炫富者给囤积了，你削尖了脑袋想要往富人的阶级钻，但是现实告诉我们差距非常大，于是你的妒忌心开始疯狂作祟。

众所周知，近年来的中国像是打了鸡血一样疯狂发展，火箭向前。物质文明的建设飞速发展，然而在精神和人文方面却受到了不同程度的忽视。

长此以往，我们便习惯了这么一个现象，人民往往以人民币论英雄，以车子房子论婚嫁，以银子票子论安全感，以相互攀比论幸福……如此简单粗暴的价值观必将形成一种恶性循环：我们开始越来越忙碌，也越来越孤独，越来越缺乏人文方面的关怀，越来越希望获得别人的认可。

然而，当社会的认可标准变成了钱包的厚重标准的时候，突然富裕起来的人则开始炫富，怡然特自得；而没有富裕起来的人则拼命围观，口水漫金山。

我有一个朋友，前几年日子混得挺惨的。后来因为做网店生意富了起来，结果就牛烘烘的，买了辆破奥迪经常拉我们几个拿穷工资的朋友下馆子，碰上换新iPad或者iPhone时也会拿出来显摆。我们都是他朋友，所以对于他的显摆啊、炫耀啊都一概表示接受，觉得人嘛，虚荣心总是有的，等过了这趟瘾就好了。

我这儿还有一个例子，就是我住的房子的房东有个孩子，长得挺丑的一个娃。每次收租的时候房东都会在我面前说她儿子多优秀多会写作文，恨不得敲锣打鼓天下知一样，但其实我更关心她下个月会不会涨我的租。

由此可见，希望与人分享的心态随处可见。朋友分享的是金钱，但背后藏着努力的汗水，所以我们笑而置之；家长分享的是孩子的成绩，但跟我价值观无交集，故而无关痛痒。

也就是说，炫耀其实也是一种分享，一种获得认可的方式，在每个人的身上都存在。但如果说，所有的人炫耀的事物都失去了差异化，而是一切以金钱为导向，那将是一种文化的危机，也是一种社会的悲哀，更是一种自由梦想的破灭。

有风无景

过去的一年依旧像逝去的每一年那样，用两个字加一个感叹号来形容：飞快！

飞快地寂寞难耐、非诚勿扰、谈婚论嫁；飞快地宽衣解带、睡觉失眠，然后再闻闹钟而起，如同机械；飞快地工作加班，陪酒陪人，听老板用PPT展示那永不能实现的蓝图……飞快地享受着速度的累意，享受着肃杀的清风，却忘记了欣赏那一路上的风景。

记得有位作家曾说过，我们的日子就像是跳楼，速度总是在最初时较慢，带着绝望的温柔，但接下来却越来越快，快到我们来不及思考，来不及做出任何的肢体语言，便一股脑儿地砸下地面。

虽然在跳楼方面，我还没有经验，也不想在有生之年具备这方面的经历。但作为常识，我深知不管以什么样的姿态迎接地面，都不会是好看的——即便他是帅气无敌的荣哥哥。

说到飞快一词，大家的脑海中应该会跳出几个关键词，比如说速度与激情，抑或是疲惫和孤独。《速度与激情 6》在国内各大影院热映的时候，我满场电影看下来，爆米花吃了两桶，只看到噼里啪啦一系列的快节奏视觉光影，却跟吃爆米花一样没吃到啥营养。

至于说到疲惫和孤独，其实很好理解，毕竟大家都不是永动机，也不是王进喜，所以本文也有意在此跟大家共鸣下。

如果我没判断错的话，人跑得越飞快的时候，其实越怕孤独，也越容易觉得孤独。很多时候，我们发现跑着跑着就自己一个人跑了，四下里一个人都没有，空旷而冷清，这是一种孤独。除此之外，还有一种孤独，就是周围有一些跟你速度一样的朋友。但由于都是在加速的过程，而且大伙儿都不甘落后地往前飞奔，根本就没有时间跟你深聊。

即便有，也不过寒暄几句，比如说“老兄你跑得真不赖，姿态很优雅，仪态真潇洒，像头骄傲的天鹅”。对方也许会回赞你，说“哪里哪里，彼此彼此，过奖过奖”。当然，还有一种可能，而且这种可能对很多国人并不陌生，那就是在笑嘻嘻地跟你说话时，突然伸出条腿——尤其是天黑的时候，把你摔个头昏鼻肿、眼冒金星，等你再爬起来时（如果你还能爬起来的话），他早已经不见人影，飞奔而去了。

最近有款游戏，非常风靡，而且已经出了第二代。上班的时候，我经常在地铁上看到身边的上班族在玩，具体叫什么名字我忘了，不知道是“逃离森林”还是“神庙”——还好不知道，要知道的话难免会有广告植入的骂名。

游戏的规则很简单，自始至终就是一个牛仔打扮的帅哥（级别够的话也能换成性感美女）在拼命往前跑，途中有很多障碍（栅栏或火笼等），一旦跑慢了就会给怪兽抓走当晚餐。当然，跑快了也容易不小心撞火堆里成烤肉或掉湖里喂鲨鱼。

这款游戏还有这么个特点，就是你没有停下来看周围风景的自由，而且越往前跑，你跑的速度会自动加快，所以留给你思考方向的时间就越少，这也意味着你越容易挂掉——如你所知，这款游戏隐藏着一个“恶毒”的寓意。至于寓意是什么，大家都是聪明人，我也不想在此赘言。

经典电影《罗拉快跑》描述了一个异常荒诞的世界。在这样的世界里，罗拉的快跑触发了多个版本的结局，比如说她那刚打劫完便利店的男友死了是一个版本，又比如说她男友活了，她自己死了也是个版本，还有其他结局……观众可以自行选择，挺有意思的一个电影，有些时间错乱的感觉。但这里不往下延展了，有些跑题，虽然跑得不远。

之所以要引用这个故事，其实是想说明一个道理：虽然最后的结局无法预料，但在我们这个同样荒诞的世界里，也一定会因为速度不同而发生不同的变化。所幸的是，在大多数情况下，变化会朝着自己想要的方向发展，即便有些滞后——这一点乐观，还是得保持的。

去年夏天，我只身去过一次北海，去一个四面围海的岛上，过了好几天没有手机也没网络的日子。没网这很好理解，但没有手机是因为刚好欠费，我在外面也懒得充值。总之，日子过得非常原生态，原生态到想找个土著人谈一场恋爱，即便它不炽烈也不狂野，平淡如水就好。

所幸后来恋爱并没谈成，要不现在能不能回来都是个问题，而且问题还不小。在那儿，我每天吃吃海鲜看看书，然后再骑着单车去海边看看海、吹吹风，思考我的过去，偶尔忏悔、遗憾一下，对未来我则一律不展望、不憧憬——我已经过了动辄看着远方天空向往美好明日的年纪了。

每天，我看着太阳慢慢沉入海底，然后惊讶地觉得度日如年的日子原来是这样的。当然，这里的“如年”并不像憋在厕所外的“如年”，而是真的时间在嘀嗒，每一秒都真实，真实到似乎可以触摸——这是否说明了时间飞快也是有地域性的呢？我想，每个读者朋友都有自己的思考。

活在这个飞快发展的大城市已经有很多年了，给我的感觉是它一直变化太快，我一直飞快地跟着，生怕掉队，但却总是掉队，有时候掉得太厉害还会掉泪。但最让我难受的是，我虽然一直很累，却时而清醒着，清醒是一种痛苦——如果你还心怀理想的话。

所以，在青春的尾巴未消逝之际，我想向大家描绘一个柏拉图式的“理想国”。在这个国度里，地铁会更快，飞机也更快，所有的事物都像是按了加速键，一直快到我们不用思考；每天都像是打了鸡血、喝了红牛一样，无限能量地高速运作着；累了就睡，睡醒继续飞快，一直到老，到世界大同，到天下永远幸福安康……

你好，沉浮

秋日未到，但已是多事之秋。

所谓“多事”，首先体现在工作上，其次也表现在生活中，它们总会突如其来地发生变化，而且还是呈恶性的趋势，以证明其顽劣难揣的性格。我就像是一个突然被扔进男子监狱里的妓女，一直在疲于应付、苦于招架，从中收获了除金钱外的疲惫、纯黑色的幽默、年老后的谈资……偶尔缓过气来，会思考一下：人为何如此浮沉，如同大海行舟，风浪不定？人又为何这般折腾，仿佛暗夜越岭，阴沟叵测？

思考的结果是：这跟谁是谁以及爹妈是谁没多大关系，只要是个人儿，只要还在江湖上跑，只要对这世界还有所期望，都会亲历浮沉——长远来看，乐观来讲，这还得算是一笔财富。

活在这个世界上，最要命的是太早认命，以致毫无所求、浑浑噩噩，一辈子到头也就指望从头来过。比这更要命的则是有太多的渴望、太多的追求、太多的西经要争分夺秒地去夺取。

在取经的过程中，我们会慢慢发现人生之事，十有八九是不如意的。这种不如意一来表现在让人失望透顶，二来也可表现在令人出乎意料——如你所知，前者是沉、后者为浮，而且总的来说，“沉”的感受更容易切身、上心、入脑，继而更容易成为记忆的根源。

前阵子高中同学聚会，会上大家一如既往地感触良深、吃吃喝喝、废话连篇，会后却悲哀地发现一个事实：当年我们班里的这批神人，以前成绩都非常牛，如今都混得不咋地，离成功人士尚有不少距离，离出人头地更是遥遥无期——当然，不排除火候未到的原因。但总的来说，在大学毕业之后的这几年里，大家的人生都在经历着巨大的浮沉。比如说同学A，毕业之后去了一个全球超强、行业鳌头的企业，原本干得好好的，大家都以为他会咬紧牙关一条道儿爬上顶，早日混到CEO惠及各位乡亲父老、白领丽人，结果他却突然跑去考公务员，而且还非常有毅力，一考就是三年。前不久终于斩获了一个二线城市的职位，而且还是林业方面的，冷门到八竿子都打不到。真是让人大跌眼镜，但各种幸福或辛酸只有他自己能够体会。

至于其他的一些同学则无须细说，有创业到一半突然跑去打工的，有工作干得好好的因为感情失意离开这座城市的，还有的人赌博欠了一屁股债务，来聚会就为了借钱的……总之是五花八门的人生旅途、五彩缤纷的沿途风景，却始终离不开上下坡的浮沉。

之前国内热播了一部电视剧，叫作《浮沉》。讲的是外企和国企里的一些生活，其钩心斗角的程度恰好印证了职场的浮沉，人事斗争的繁杂以及商场如同战场的残酷。对此，我相信大多数的职场人士都会有或多或少的体会——当然，这种体会是赤裸裸的，要么被淘汰，要么快速成长，典型的达尔文进化论的职场缩影版。

类似的缩影其实在付遥的《输赢》、李可的《杜拉拉升职记》等畅销小说中都能够看到。而正是在这种浮沉之间，人最容易露出自己的本性或血性，也最容易一不小心迷失自己、偏离初衷。然而从长远来看，有人从不断的浮沉中越走越高，成就辉煌；有人则慢慢滑落，悬崖也不勒马，噼里啪啦地就掉入万丈深渊，临掉前还对这个世界百般怒斥，抱怨命运对自己不公。

至于辉煌或深渊到底由什么来定，我也不清楚，或许是无限的渴望，或许是持续不灭的激情，要不就是内心的坚定程度，抑或是时势的不同造就……

上个月的某一天，我上班挤在人满为患的地铁里，突然接到了父亲的一个电话。刚接起电话确认好身份，父亲便不由分说地让我对着电话大声地叫爷爷几声。刚叫完，电话那边便传来了父亲和叔叔的声音，是对旁边的爷爷说的，声音很大，说："听到了吗？听到了吧……"话音未了，电话同时也挂了。

当天晚些时候，我收到了爷爷离去的消息，随后连夜往老家赶。回到家的时候是第二天清晨。记事以来，这还是我第一次经历这样的场合，出乎我意料的是，并没有太多的悲伤，有的只是忙碌，有的只是家里的一些古老而简单的仪式。下午的时候，女性都在家里等着，所有男子则需要抬墓碑上山。

记得那天下午的风很大，太阳很猛，我们系着白纱，晾着胳膊，汗水淋漓地从山脚下把重达好几百斤的墓碑组件往山上搬，一直到傍晚太阳西斜才搞定。临下山前，大家对着墓碑肃然而立，默默不语，旁边一位看风水的老人突然低声说："辛苦浮沉了这么多年，收获了这么一块东西，也算是福气了。"

那一刹那，我心里猛颤了一下。许久，脑海里方浮现起这么一句话："身入凡尘，与光同尘；不恋浮沉，却念故人……"

值得一提的是，引这个例子，并没有半点宣扬虚无主义的意思。虽然有时候我也会想，人啊，这么折腾活着到底图的是啥？又有什么意义呢？可更多的时候，我会在想，人固然百般折腾、千般浮沉，反正也是躲不过，可如果在有意义和无意义之间选择，我还是希望选择有意义的，起码有意义地去追求意义吧！

众所周知，滚滚长江东逝水，淘尽了多少的英雄、叛徒、名妃、祸水、开国之君、覆国罪臣……历史还告诉我们，没有人可以在浮沉后最终幸免，是非成败不过转头而空。

最重要的是，在一切都成空之前，我们是否还有激情面对浮沉？是否还有渴望承受折腾？是否还有纯真和诚恳，来面对这苦涩而时刻洋溢着无限活力的世界……

看上去更美

难得却漫长的春节假期在收尾时，感触总会很多，其中最大的一点就是“死里逃生”。怎么说呢，记得小的时候是天天盼着过年、日日念着春节，只因大年一到就有好吃的、新穿的、压岁的以及光明正大地腻在电视前看《大风车》和孙悟空的美好时光。

现在过年却意味着大包小包挤火车、天南地北走亲戚、省吃俭用散红包、家里家外被逼婚以及又让无情如刀的岁月催老了一岁，也就是说，再也没有乐趣可言了。对于这一系列的变化，我是一点儿都没有准备，或许是准备得一点儿都不充分，就像是上了一个大当，而且知道是谁干的，却又拿他没办法一样。

所幸的是，再郁闷的年关也会伴随着爆竹声“欢欢喜喜、热热闹闹”地熬过去。回到省城后，我原以为一切天下太平，生活回归原状，可没想到后事却依然未断。年后的某一天，风和日丽，我坐在家里的阳台上，晒着暖暖的太阳，吹着习习的春风，听着淡淡的歌曲，优哉游哉地手捧着王小波的《未来世界》，读得是置身世外。

就在这时，女友突然打电话过来，然后大呼小叫地好像放鞭炮一样，吵得我耳朵“嗡嗡作响”。待到“爆竹声”好不容易停歇下来，我才梳理出她所要表达的意思，那就是春节期间的各种大小聚会让她很受打击。

我问为什么。她说阿志正在韩国首尔过年，感受异域风情；她一个发小闺密则刚从云南旅游回来，拍了一堆漂亮的照片，让人好是羡慕；大学同学冬妹年底新买了辆小车开回了家，风风光光……这一套话的意思理解起来颇有一语双关之意味。如果不是我太敏感的话，我相信其中有一关的意思就是：怎么我找的男友这么没用啊，人家过年满世界跑，我们就是各自窝在家里看《春节联欢晚会》。

作为一个有自尊心的人，我理应对自己的经济基础进行一下辩驳。然而，作为一个有涵养的男友，我又认为跟女人辩驳是没有任何用的，所以对于她的大呼小叫我均报之以一笑或一“哦”。

后来，女友见我像是块木头一样不动声色，又开始一阵鬼杀似的哇哇乱叫，说我怎么一点儿都没反应啊，难道不羡慕人家？

我当时就想反驳道，你这人怎么这么爱跟人比较呢？看好自己的碗来盛自己的饭！但是我没敢说出口。要知道，如果真逞一时之口快，没准儿冷战能持续到我这篇文章发表前。所以我后来就反应道，“旅游干吗非挑在合家团聚日呢？在家绕在父母身边不更好吗？”结果还是没有改变，女友愤愤然地挂了电话，跟我冷战了老久。

据人类学家研究，从某种意义上来说，人类区别其他动物的最大特点之一就是善于模仿。我们知道，模仿的同时就会存在着比较。也就是说，我们的骨子里面早就流淌着相互比较之血液和基因。先不管这是不是一件好事情吧，据我了解，在中国，从小到大我们都在培育一种“比较”型文化：小的时候比谁的玩具多，谁的新衣服多；读书的时候比谁的成绩好，谁的老爸更“李刚”；再大的时候比谁的女朋友漂亮，谁的吉他弹得好；毕业后比谁的收入更多，谁的房子更大；再后来就比谁的社会地位更高，谁家的儿子更争气……有些人是越比越开心，有些人是越比越郁闷；开心的当然不能够永远开心，郁闷的人却可能会崩溃到突然哪一天跳楼。

如你所知，比较作为一种常态，小到个人、大到国家，再大到星球之间总是存在着互相较劲的现象，故而本无可厚非，唯比较才能进步，但如果“比较”时缺少一定的平常心的话，那就变成了攀比。人一旦形成了攀比的心理，往往就容易主观起来，失去了一种平衡，失去了对客观事物的基本判断力和理解力。

有关这一点，我这里可以给出一个例子。以前我在一家公司待过，那里有一帮女人非常热衷于比较收入。如果说有些人是喜欢收藏邮票或是女性内裤的达人的话，她们则喜欢收藏别人的工资单。她们不知从什么样的渠道获知公司内所有各种等级的员工工资，而且还定期地会有更新，丝毫不会慢于女孩子买新衣服的频率。

说真的，这个名单原本我是不屑于去看的，后来有一天做错了事儿挨老板骂了心情不好也就拿出瞟瞟。可是不瞟还好，一瞟就不对劲了——我愕然发现自己的工资跟部门同事小朱一比较就觉得没劲了！回顾一下自己所做的和小朱做的，自己还更早进公司，功劳苦劳都要高……所以就越想越不明白，后来终于没忍住跟上头提了一下，无果后我便决定跳槽了。

跳出之后才发现，自己原来其实也就那么半斤八两，更无奈的是，我发现原来小朱是上头某领导的地下女友，方知其所以然——但那时已经回不去了。

众所周知，爱因斯坦的相对论中最重要的是找到一个参照物，否则一切都等于瞎探讨。比如说，如果你是一名足球运动员，你就不能说跟小沈阳比谁更会演小品；如果你是一个卖唱的艺人，你就不能跟一个卖肉的屠夫比谁的刀快。如果这样的话，放在古代叫作班门弄斧，落到现在就叫自取其辱。

记得以前念大学的时候，听老师讲过这么一个成功定律：只要比有钱的人漂亮，比漂亮的人有钱，比有学问的人会唱歌，你就成功了。对于这种定律，我们必须用辩证的眼光去看。换言之，这里所说的不是田忌赛马式的成功，而是说让我们善于挖掘自己的长处，以己之长去争取到自己想要的东西，走到想走到的地方，这才是真正的成功。

几年前的岁末，一条来自“杂碎江湖”的微博曾刺痛过中国人的神经：“刚才快递员在我公司发飙了：‘我一个月工资一万五，会为了你这两千元的礼品丢这个饭碗吗？’整个公司一片死寂……”此博一出，江湖大乱，有人高呼这是当年就业现状的极端写照，又有人说这是对中国精英阶层蚁族生活的无情讽刺。其实不管是写照还是讽刺，都没有必要神经脆弱到这么容易就被刺痛了。这是一个相对公平的社会，也就是说，收入必定跟付出成一定的比例，胡乱以数据来比较则纯属自讨没趣。

对此，我认为正确的心态就是一方面要“知足常乐”，像是对自己的老婆一样；另一方面也要“不断进取”，不断带她去听高雅的音乐会，给她报瑜伽班保持身材，让她多看些书，给她多买些新衣服和化妆品，增加其思想和外观魅力。

以前我还看过一篇《读者》的文章，说人不开心的时候，只要去医院（尤其是重病室）兜一圈回来，就会觉得能够健康地活着真好。这个办法其实效果不错，因为我曾经切身实践过。有段时间我就住在广州的越秀区，每周都会去附近的中山医院踢一场球。去球场时要经过医院的侧门，然后经常看到戴着氧气罩躺在护理床上被人紧急推着奔走的镜头；要不就是一些穿着病人服、头顶包一个大包或者脚上缠一大圈，被人放在轮椅上推着走的病人。

每当看到他们这个状况，想到我自己正身轻如燕地冲往球场，就有一种侥幸逃活的感觉。我想，这应该算是“比较”而来的效应吧！虽然有幸灾乐祸的嫌疑，但起码算是无害的。对此，本人建议心理医生们可以每周组织其病人去医院参观一次，病人的幸福感肯定会增加好几倍，所有的心理问题基本都能不治而愈。

最后，我还想给大家讲一个故事。记得念小学时，我们校长不知道为何在每年开学典礼讲话的最后都会给我们讲一个故事。说是两个年轻人去请教一个智者，问应该如何面对自己的敌人。智者没有直接回答，而是拿出两根等长的绳子放在地面上，然后反问道：“如何让绳子A比B更长呢？”两个年轻人商量了一下后，把绳子B剪断了一截儿，结果绳子A就比B长了。但智者对这个做法不满意，然后把那个被剪断的绳子换了条新的，再把绳子A往两边使劲拉，结果绳子A就比B长了。

这个故事的寓意是什么？我相信大家都能够明白。所以我说的不仅仅是这个，我想说的是如果“比较”只是停留在心态上的话，不管是开心还是郁闷，都是没有任何价值的。当今这个社会已经是一个赤裸裸的价值社会，唯有比别人创造出更多的价值才能胜出。

换句话来说，女友看到她的同学去韩国、奔云南、开小车、买洋楼，而我听了她这么一番怨诉受了刺激之后，要做的并不是找个借口自我安慰了事，而是应该想到如何去把自己这根“绳子”拉长。只有这样，我们自己的生活才会更好，我们生活的这个社会才会变得更好——不知这样想，算不算乐观过头呢？

收视率

近年来，大自然类节目的收视率屡创新高，此类节目个个精彩、荒诞、吸引眼球。成功的背后既没有任何的“海陆空”立体式推广，也无须巨额的线上线下广告投放，却轻易让天下皆知——当然，这绝非是件好事，因为每次收视率创新高的背后都是由无数个家破人亡堆积而成的。

首先值得一提的是我们的日本朋友，用中国话来说估计是犯太岁吧。灾难是接踵而至，2011年3月11日，日本东北部海域发生里氏9.0级地震并引发海啸，造成日本福岛第一核电站多个机组反应堆发生核泄漏事故。此外，还造成重大人员伤亡和财产损失，其中还有部分人不知所终。如你所知，失踪的人口中如果不是命特大的，或是生命线特长的，八成也是找不回来了。最让人担忧的是，危险很难解除，几个反应堆仍然跃跃欲“炸”。如果真没控制住，接下来会发生怎么样的悲剧很难设想。

“生命又一次变成了一个个数字！”不知何时，这样一句简单却沉重的话已经从多年难得一见的感叹句变成了今天的口头禅。地震、战争、海啸、火灾、瘟疫等天灾或是人祸不断地降临，上帝似乎已经潜水，世人接连成为逝人。究其原因，到底是谁的错呢？这是一个大到无法随便回答的问题，所以最好的办法是不回答，本文亦重在探讨，希望能引起大家的思考。

诚然，现代文明已经发展到空前繁华的地步，正所谓上天入地随心所欲，然而在大自然面前，人类却几乎没有任何的抵抗力，任其把我们当玩偶一般随意摆布。作为人类的发源地和寄居地，地球是目前我们唯一拥有的生命舞台。也就是说，不管人类再怎么演，演得有多好，都得遵守舞台规矩，否则说谢你幕就谢你幕，根本不用商量。

可怕的是，不知从何时起，地球已经从一个慈祥可亲的母亲变成了一个性格火暴的更年期妇女，并且还伴随着严重的歇斯底里症。而我们这些被过分溺爱的孩子也太自以为是了，以为再怎么折腾母亲也是可以包容的。殊不知，咱们的母亲也是位单亲妈妈，一直承受着巨大的生理和心理压力，压力一旦超标，也会大打出手的。

众所周知，当下全球危机正在急剧升温。人类似乎打开了那个古老的潘多拉魔盒，重大的灾难一个个不期而至，让我们猝不及防。其中又以不断恶化的环境危机首当其冲，它带着浓浓的杀意呼啸而来，所到之处无不尸横遍野，如人间地狱。

简单来说，环境问题的造就可分为有意和无意两种。无意的在这儿暂且不论，毕竟伤害本不算大，而且也只是知识普及的问题——具体来说则是咱们的教育部、公益广告以及明星表率所要做的事儿。所以这里重点要说的是有意为之的环境污染，此类污染的原因无论大小规模亦可分为两种。第一是为了牟近利，对自身的污染视而不见，只因有短期暴利在眼前；又或者是能看到污染，但却有意将污染转移到其他地方，比如说某些发达国家的企业在海外建厂。第二种则是为了吃口饭，人家能够千里迢迢在我们地方建厂招工，很大程度是因我们这儿有很多的廉价劳动力。换言之，大伙儿没口好的饭吃，为了谋生，也顾不得这么多环境污染了，有奶就是娘嘛。

有关这一点，我这儿有个很好的例子。我住的这栋楼有这么一个风景，经常能看到有垃圾从楼上直飞下来——当然其本意是想扔到一楼大门旁边的垃圾桶里，但结果却往往失准，落在了地上，然后就炸开了一个直径一米的垃圾圈，圈内有些什么东西，我就不形容了，以免影响大家的食欲。

这些垃圾盘踞在大门口，出入门时难免会践踏到，带入公司或是家门都不太好。此外，这要是冬天还不算太糟，可一旦到了夏天那就严重了，其除了散发出一阵难闻的臭味之外，还能够堂而皇之地引来四害。为此事，我们在楼道和一楼的大门上贴了多次告示，说禁止空中扔垃圾，但结果表明是废话。后来直到人家搬家了我们才知道，原来肇事者是一对在附近工地上班的外来夫妇，一家三口，孩子还没满月，外带个老的，挤在一个十平方米的房子里，里面堆满了乱七八糟的东西，而且还不断地疯狂制造出垃圾，实在无处安放，又累得不想下楼（白天干活儿实在太累），结果就从窗口直接掷出了“风景”。

由此可得出这么一个结论，人终须还是要吃饱了才有心情爱卫生、爱地球，否则一切都是扯淡。试想一下，人家一天到晚累得要死、吃了上顿没下顿，还被老板偶尔拖欠工资，对这个世界充满着仇视和怨恨，你还西装革履地满嘴教育人家要五讲四美三热爱，这简直就是欠揍。

由此可见，环境问题不仅仅是所谓的道德素质问题，同样还是一个社会经济的问题。抛开这个例子说开来，这应该算是一种幸福感的感受问题。如果有这么一群人，他们要么拼命为了利益忽视污染，要么累死为了活命制造污染，长此以往，世界末日或许无须等到那耸人听闻的审判日或是若干个百年后。因为在此之前，它已经在我们的内心爆开了。

不得不承认，这些年来在破坏地球方面，智慧的人类已经做出了突出的贡献，现在也应该到了“丰收”的季节——英文里有一个词叫作“PAY BACK”。接下来，如果再持续“努力”的话，总有一天我们会发现，地球早已变得面目全非，子孙后代也一定会为我们“骄傲”的。

幸运的是，很多的人都不会看到面目全非的那一天，毕竟人生不过数十载。然而更让人欣慰的是，在这个到处充满着阴霾的世界里，仍有那么一帮人依旧无限地热爱着自己的家园，甚至不惜以生命为代价，比如说日本福岛留守核电站的五十位壮士，比如说那些来自全国奔赴盈江的志愿者。

当我们谈论回家时，我们在谈论什么

题记：每到春节，回乡总是一个避不开的话题，这是中国特色，跟春节本身一样。每年的岁末也是回首和展望的季节，既然是回首，偶尔也让我们回首彻底一些吧。

此篇写于2011年的春节前夕，眨眼三年多过去，记忆却如昨日一般清晰。正所谓“过去种种譬如昨日死，从后种种譬如今日生”，我们每天都活在昨日死与今日生之间，大脑往往比大腿累，心灵亦常常迷失在辛劳之间。

朋友A是一家外企的高级女白领，毕业四年有余，月薪八千到一万，年终除了双薪之外还有一笔巨款，够买一辆低配置小轿车的，俨然称得上是一个羡煞旁人的小富婆。

然而每当春节来临之时，她都会非常头痛，而且症状还一年比一年糟糕——但这并非由于积劳成疾，天一冷就犯病，而是因为她是个孝女。每年回家的时候家中二老见其虽大包小包（给家人备的礼）却独身而归则大为不悦，继而大怒，甚至以泪逼婚，待感情发泄完后还会来点实际行动，比如说年初一刚过就开始给她介绍形形色色的男人回家：有西村包了水泥钢筋厂赚得盖起了小别墅的西装中年男，有同在广州上班的十几年不见连名字带长相都给记忆打了马赛克的小学同学，还有当地重点高中校长的刚过法定结婚年龄的儿子……每当这时，A连自杀的心都有，可是想到自杀也没用，就算下去了父母也准会烧几个“男人”来给她相亲。

朋友Z跟A的年龄和工龄都相仿，不过却是位仁兄，在一小化妆品公司担任市场部主管，虽说是个领导，但其实形同虚设：一来工资才接近广州前几年定义的白领基准线，现在通货膨胀这么严重就更别提了；二来还是个光头上司，旗下暂时无人，公司从年头说到年尾要给他招个小兵都没兑现，结果他只能成天加班加点都是做一线的工作。这样也罢，毕竟混得好坏自有天命，可恶的是他有一个漂亮而且极有孝心的姐姐，嫁了个有钱而且非常大方的老公，每年春节都开靓车回家发红包。家里亲戚多，发得也多，往往一圈下来就抵得上Z大半年不吃不喝的总收入了。恰好家里人也特别爱比较，而且还是综合地从横向（邻居同学）到纵向（姐妹亲戚）地较真比，弄得他每每回家过年都痛苦万分，无地自容。

以上两位朋友的境况虽说不太一样，但这几天都不约而同地表了同样的态，那就是今年过年不回家了。其实A本身是一个非常恋家的女人，在外面打拼事业已经够累了，原本想回到家这个温暖港湾喘口气，可没想到会更累。至于Z则说算了，还是回女友家那儿过个清净年吧，到那儿自己还能算半个爷，只要一门心思讨好老丈人就够了。

众所周知，中国人的文化骨髓里渗透着家和团圆，每到过年就想着回家聚聚，开开心心地吃上一顿除旧迎新的团圆饭，所以一到春节即便千辛万苦也要回家，比如说前几天看到电视报道说，因冰雪天气严重，319国道的部分车辆无法通行，无奈之下，归心似箭的旅客干脆就沿国道走路回家。看着他们在雪中踽踽独行的背影，我的脑海中只闪过四个字：中国特色。后来，我又看到一位排了一天一夜的队，而且是排到第三位的居然还是被告知票没了的河南哥们儿，被逼急了直接脱光衣服闹到站长办公室（当然，这里面还说明了一些其他问题，比如说黄牛党和特权现象，但这个不是我想说的，我想说的是很多人不管想什么法儿支什么招儿都想着回家）。可是在大都市里却有这么一帮人，他们有家不愿回、有乡不敢归，比如说上文所提及的两位朋友。他们的情况貌似特殊，但其实在生活中随处可见。

为人父母，谁不盼着自己的儿女回家，就算大到不能绕膝了，起码可以话话家常、点点爆竹、骂骂春晚。然而，不知从何时开始，春节团聚的意义已经变得不再那么单纯了，倒成了一个个逼婚场或攀比场，抑或是辛苦奋斗一年下来相互炫耀的功名势利场。试问乘着改革开放之风富裕起来的父母们，是否开始越来越缺少平常心，把自己的儿女逼得越走越远呢？

记得去年我是头一年没在家过年。当时忙完手头的事儿，就在想广州天大地大该去哪儿解决年夜饭呢？后来发现哪儿都懒得去，因为基本上都关门了，于是便来到了住处附近的麦当劳。那晚，偌大的麦当劳里除了我之外只有两个年轻人，而且还都是服务员，正好男女搭配干活不累。他们似乎没有预料到我的到来，像看到外星人登陆地球一样露出了惊讶的目光。我不以为然地要了份套餐就躲到角落去了——所幸他家还有吃的。

看着落地窗外的车水马龙，我的思绪开始飞扬，随后一个女孩儿突然不知从哪儿冒了出来，吓了我一阵小跳。她人长得挺秀气，而且即便是在冬天线条也不错。我环顾了一下四周，意思是全场都是位置干吗要过来拼桌，扰我清净。

她没有回应，只是心安理得地坐了下来，然后心事重重地问我怎么一个人。我说："你还不是一个人？"然后她继续问我等下去哪儿。我说："没想好前哪儿都不去。"她黯然地说："那好，陪我聊聊天儿吧。"我心想这样的一个妩媚精致的女孩儿出现在这儿八成是个电视上看到过的女骗子，剩下的两成应该是属于特别服务的工作者。

刚猜测到这儿，她的手机突然响了，女孩儿像触电一般火速翻开手机看短信，然后从她读短信的过程中我看到了一场雨转阴再转多云最后转晴的骤变。等短信读完后，她便对我顽皮地眨了眨眼，然后乐着说：“这个请你吃吧。只动了几根薯片，堡没动，祝你新年快乐！”然后就一道风地跑开了。

我惊讶地从旁边的落地窗看出去，随后看到跑出门口的“女骗子”冲到了马路边，那儿不知从哪儿冒出了个高大的男孩儿。只见他欢快地抱了抱女孩儿，然后就带着她上的士走了。我这才回过神来，不由得暗叹一声：单纯真好！有爱的地方就有家！

伴随着浓浓的寒意，春节也快到了，2011年的春天亦即将来临，回顾过去的一年，我们在夏天的汗水中耕耘，在金色的秋风中奋斗，再熬过漫长而刺骨的冬天，终于迎来了回乡的季节。然而却突然发现，路漫漫其修远兮，回乡的路怎么越来越远……

Chapter4

情里 藏的是讷

当我们在伪装时，我们伪装了什么

如果非要喜形于色，
那么表情也可以是一种表演，且具有很强的欺骗性。
在娱乐的世界里，
你所看到的哭，是为了引你哭；
你所看见的笑，是为了逗你笑。

如果你自己对接受什么不加选择，
那么别人就会替你选择，而他们的动机未必很高尚，
不知不觉地堕落到低俗的行列，这是世界上最容易出现的事情。

——（古罗马）奥勒留《沉思录》

橡皮人

美国作家格林曾经写过这么一篇小说，名叫《一个枯竭的案例》，据说素材来源于其邻居，真实可信，如假包换。小说讲的是一个建筑师费尽心思、功成名就后身心俱疲，最后只身逃到非洲大森林，过着陶渊明式悠然见森林的自在生活。这种突然逃离大城市的生活方式可以理解为“职业枯竭”——这双引号里的词组属不属于专业术语我不是很清楚，但我相信大家肯定不会陌生。

回到我们中国，类似的案例简直太多了，比如说什么上海宝洁某年薪几十万的高层放弃未来的大好前景，跑去云南某个小镇开小酒吧；又或者是某个白领放弃了营销总监年薪十五万的工作，跑去建筑工地做搬砖挑瓦的农民工。这段耗尽体力的生涯结束之后，他还留下了这么一感慨："或许以后的某一天我会想起这一百四十多天的农民工生活，但我记起的一定不是那四万元工钱，而是那甩掉的二十四斤肥肉。"

此外，在当年濒临成仙的姜子牙用直钩钓鱼的终南山那儿，有很多苦于静修的朋友，他们的前身（不是前世啊）可能是手捧铁饭碗的公务员，也可能是刚毕业工作不久的大学生。总的来说，这些人的修行热情都非常高，而且打退堂鼓的人极少，即便是冬天没做好保暖一不小心把手指都冻坏切除了也痴心不悔，决心之巨大、内心之虔诚，让人叹为观止——我心想，要是有这么大的热情和决心去考研，那就跟玩儿似的任选学校了。

当然，本文并不是倡导大家去修行，这事儿我自己都觉得不靠谱儿。人活一世，不过匆匆数十载，到底出世还是入世，混庙堂还是走江湖，纯属个人喜好，只要成人了别人便管不着。但话说回来，如果喜好到过于盲目，也的确让人惋惜——生活不带这么幽默自己的。

言归正传，如文题所述，我这里还是想跟大家探讨一下入世的事情。对于美国精神分析学家所提出的"职业枯竭"，加拿大著名心理学大师克丽丝汀•马斯勒对此也有所研究，并称之为"企业睡人"——听起来少了几分刚硬，多了几分诗意，乍一看还以为是企业里的睡美人或是专门跟领导发展密切私人关系的类似于“插座”的职场佳丽——当然，马斯勒是位严肃的学者，绝没有半点这样的意思，他只是换汤不换药而已，在我们中国这儿也有一个特形象的说法：橡皮人。

说到橡皮人，首先跳入脑海的是1986年王朔发表的一篇小说。这部小说后来改编成了电影，叫《大喘气》。这电影听起来就累，所幸我也没看过——国人改编电影的能力太独树一帜了，想必我这种吃惯了好莱坞洋快餐的人是没办法消化的，但王作家的书却是看了不少回。

记得第一次看完小说后，我有一种惊鸿一瞥的感觉，觉得王朔这厮写得太好太逗了，而且读完之后还有些后怕，一连几个礼拜都忍不住摸自己的脸蛋，以确认是否有变成橡皮的先兆。

当然，除了好看和后怕之外，《橡皮人》的背后还藏着一个深刻的寓意——考虑到当时的我还活在所谓的象牙塔，懵懂天真、阳光烂漫，能看懂才怪。其实时到今日，这个寓意还有着其现实意义，所谓的橡皮人指的是：没有神经、没有痛感、没有效率、没有反应，不接受任何新生事物和意见、对批评表扬无所谓、没有耻辱和荣誉感，整个人如同橡皮所制。当然，如果从更书面的角度去描述，我们也可以这样说：情绪枯竭、才智枯竭、生理枯竭、价值枯竭，既去人性化，也无成就感。

在中国，这些无梦、无趣和无痛的城市生物，正无可救药地形成一个庞大的群体——先有《中国工作倦怠指数调查》指出，70%的被调查者出现过或出现着工作倦怠；再有《中国翰德就业报告》说明，57%的被调查公司表示职业枯竭情况加重，人力成本变相提高。此外，还有心理学家发表观点说，以前一个吃苦耐劳的中国人工作十多年才枯竭，现在经常一两年就枯竭了——尤其是那些工作在现代流水线模式下的青年人群，重复而枯燥的劳动大大地降低了他们的成就感，所以他们也最有可能进化成为“橡皮人”。

不知不觉，我工作也有好几个年头了，职业倦怠的时刻也发生过不少周期，曾经还有一阵子特别严重，觉得工作特没意思，对工作非常抗拒，对电话有种莫名的恐惧，特别是节假日，电话一响就觉得烦躁。终于有一天我主动申请出差，来到比记忆中要美丽很多的重庆，看到那边山城人的不同生活和那些山妹子的不同风情，内心再也扛不住了，毅然决然地拿起我那恐惧的电话，对着满山壮观的落日余晖，远程打电话给我那诡异的上司，干脆利落地把工作辞掉了。

回到广州后，我赶时髦地做起了淘宝，一路坎坷走来，卖过护肤品、牙膏、洗发水、尿布，最后卖到包包，从此开始全面赢利。但好景不长，国家很快就“眼红”了，出了新法规，严厉禁止出售仿包——作为一个活了十多年都不知道派出所和公安局有什么区别的良好公民，我当然不能再铤而走险跟国家作对，立马停掉淘宝大业，恢复朝九晚五的职场生涯。

当然，这些都是题外话。我真正想说的是，职业倦怠跟感冒一样，每个人都很难避免，只是有些人很快就自动痊愈了，有些人为了痊愈，只能暂时逃离一下，然后再回来。更有可能的是，有些人的“一下”不小心就是一辈子了。

这些年来，科技文明的高速发展也为“橡皮人”这一群体提供了肥沃的土壤。以前要是对爱人有意见，脸上表情肯定挂不住，起码你爱人看到你面无表情的时候不会觉得很恩爱，没准儿还会立马查你身上有没有唇印。但现在不同了，只要在网络上发出一个抱抱加鲜花的表情，便代表了无比恩爱。碰上“郎情妾意”的潜在情人，还能面无表情地送个香蕉的图案，没准儿可以换来一个浪漫的夜晚。当然，这就有些少儿不宜了。

喜欢看生化类美剧的同事肯定会经常看到这么一个群体：他们面无表情，举止呆滞，行动缓慢，但却不断朝你涌来，只为了亲你一口——如你所知，这个就是典型的丧尸，又称作行尸走肉。从某种程度上来说，他们是“橡皮人”的升级版，其实在任何国家，我们都能看到这种升级版，看到他们压抑后的爆发，比如说广州地铁抢位置以致咬掉对方耳朵的某老伯，或者是北京街头摔死婴儿的某中年人。

布拉特•皮特拍了一部电影叫作《僵尸世界大战》，里面的僵尸有了革命性的创新，原本缓慢的丧尸变得行动迅速，攻击力极强，让普通人防不胜防，继而导致众国将倾，世界趋于末日——相比之下，对于现实生活中不断创新的“橡皮人”，我们到底应该如何防止被“咬”、被同化呢？

我不清楚，正如电影的结局到底是怎么样我不清楚一样，因为这部片子几经折腾，还是没通过国家相关部门的审查，赫然给拒之门外。对此，作为一名皮特影迷的我除了表示遗憾之外，还只能作为一名中国“橡皮人”被迫表示理解。

青春无尾

时光回到十年前，当大多数的读者跟我一样，坐在宽敞却拥挤的教室角落，看着密密麻麻的数学题像是一个个战场上的尸体一样摊在黑板上，脑海中是否会碰撞出今天这样的“幸福”生活呢？

我的答案是：当然不会。

今天的物质如此丰富到人手一部手机而不是寻呼机的日子我是完全没有想到，然而更没有想到的是现在这样的生活：日子会过得如此重复而波澜不惊，这般现实而缺乏诗意。梦想犹如那彼岸之花，一眼望去却难以触及，唯有用苍白的文字和偶尔的叹息去追忆那就快消逝的青春尾巴。

最近听到这么一个说法，说一个人如果心怀坚定，激情不逝，那么青春就永远不会有尾巴——这位兄台的意思很显然，就是说四十岁的时候可以去考研，五十岁也可以去踢球，六十岁还能攀个珠峰，只要内心激情不灭，青春就会常驻于心，即便他已经成为八十岁的姜太公。

不可否认，这是对青春的另一种理解，而且这种理解充满着理想主义和浪漫主义。但本文真正想跟大家探讨的是犬儒思想和现实主义，如果非要跟前者拉上关系的话，大概需要些黑色幽默吧，而这正是我们现在这个社会所欠缺的。

众所周知，青春这个词充满着无限美好，与之对应的是梦想、希望、追求、激情、荷尔蒙随时飙升，放在漂亮姑娘身上还能组合出一个让男人恣意遐想的画面。

与此同时，我们又从各种媒体中看到跟青春对应的另一些关键词：援交、自拍视频、捐精卵、李某某、富士康、裸模，放在有钱人儿子的身上还能组合出一组让老百姓畏惧的画面。

所以，青春到底是什么呢？

这是一个教科书上找不到的问题，当然更找不到答案。青春到底是敢想敢做，还是恣意妄行？青春是不拘一格，还是道德沦丧？青春是加班到凌晨十二点，电话一响冲去城市某酒吧蹦迪劈酒，第二天一大早用水抹一把脸又赶去上班，还是一年打两次胎半年换三个男友，两个礼拜发生四回一夜情呢？

我不知道，我只知道青春无限好，只怕乱燃烧。

说到燃烧，环顾周围，有的朋友把青春燃烧在日复一日的加班加点中，有的朋友则献给在千山万水的游吟旅途里，还有的朋友燃烧在柴米油盐的斤斤计较间，更有的朋友奉献给了爱恨情愁的缠绵纠缠处……

不可否认，这些燃烧的青春有些是自己的选择，有些是随波而动的抉择，然而不管来源怎样，总会在时间的烈火熄灭之后浮现出或幸福或追悔或狂笑或叹息的轮廓。

近来国内电影圈流行起了缅怀青春——其实青春跟死亡和爱情一样，是一个永恒的话题，过一阵子就会流行一下，所以也不奇怪。从已经走过青春葱茏岁月的大眼睛导演赵薇的首部电影《致我们终将逝去的青春》，到口碑迅速传播并以新东方为原型的《中国合伙人》，再到后来热映到让人喷饭的《小时代》，都是以“青春”为关键词的卖座片。值得一提的是，《小时代》所引发的吐槽骂战甚至比电影本身还精彩，《人民日报》首先是一片倒地批判，后来又急转而下地改口，也颇为让人玩味。

如你所知，以上三部电影刚好代表了“80后”“90后”“00后”三个不同的时代，呈现给了我们不同的青春，也折射出这三代人截然不同的价值观。此外，还见证了不同导演的功底。

如果要给三部电影来打分的话，我想给陈可辛的《中国合伙人》打9.5分，他讲述了三个男人跨度二三十年的故事，友情、爱情、事业，电影立体地记录了那时候中国青年们的奋斗史和美国梦。并且，这个梦即便破碎也不是失败者，为理想奋斗过就算真的年轻过。

《致我们终将逝去的青春》我给的是8分，但很大程度是因为这部电影够真诚，情感够细腻，而且最后的结局给了我们对爱情的希望。赵薇曾说，她希望这部电影不仅仅是言情小说的银幕版，也是想借此来引发回忆、传递情怀。电影记录的正是专属于内地人的青春。电影中的人物从校园走到社会，他们在长大的过程中失去的和放弃的一切，也刺痛了很多观众的神经。

最后说到《小时代》，我这次再怎么想特立独行地站在网友的另一面，也会觉得有一种被阉割的感觉。引用一段网上的热评给大家吧："……郭敬明曾经坦言，他只了解光鲜亮丽的大上海，《小时代》也就只能集中于此。电影没有怀旧的意味，也没有宏大的命题。电影对准当下，用'小小的星辰'打造了一座水晶宫，整部电影就是一场华丽丽的少女梦。这个梦可能太不真实，但票房数字却是真实的，郭敬明已经进入'赚自己的钱让别人骂去吧'的模式。"除了对以上评论高度认同之外，我还不得不认为片中女一号的演技功底有着不小的提升空间。

除了电影圈，文艺界也没少拿青春说事。韩寒之前出了一本书，叫作《青春》。这不是小说，而是一本杂文集，其中有一篇杂文讲的是两个朋友为了生存无奈地挥霍着自己的青春，结局却让人叹息。他们是当下社会的一个窗口，也是一个缩影。这个窗口和缩影是非常苍白的，没有色彩，引不起大众的视觉撞击，只因大多数的我们都或多或少地成了这么一个窗口和缩影。

古语有云：“冯唐易老，李广难封。”如果历史总是在不断重演，如果生活总会在恰当的时候恶作剧，我相信，即便可以名垂千史，也没有一个人是愿意做冯唐或李广的。

我有位女性朋友，自称芳龄三十三，高级白领，有房有车，单身也算是多年了，或者说横贯了其青春的大部分时光，偶尔交个男友也像是减肥的姑娘用手指吃点心一样浅尝辄止。前几天听她说，活得实在没劲！我问为啥。她说是这样的，上周出差回来，到家已经快凌晨两点了，冲凉冲到一半时由于太累一不小心滑倒在浴室里，脚腕立马脱臼了，当时真是叫天不应叫地不灵，一种“过去忙碌失去意义，未来人生一片黑暗”的感觉如同醍醐般灌顶……

之所以举这个例子，并不是说忙碌是一种祸害，真正想说的是，爱和被爱的权利也是青春时期最应该书写的东西，如果因为其他事儿给耽搁而且耽搁得太过厉害，那倒是年老之后祭奠青春的最好点心——而且这一点，也算是男女平等吧。

如果我没猜错的话，此刻坐在电脑前阅读本文的大多数朋友都是青春在手的——正如毛主席所说的那样，恰同学少年，风华正茂。

在你们这样一个黄金时代，面对着如此横流的物欲，真正应该抓住的是什么呢？

到底是独立的思考能力，比如说知道自己是同性恋还是异性恋；还是知道自己的梦想，比方说到底是想做宇航员还是快递员；抑或是拥有一份不世俗利益的纯粹爱情，到底是想跟Ta还是跟Ta的钱财或美色白头偕老？

对于这个问题，我相信有耐心把本书看到尾声的朋友，即便心里没有答案，也会掩卷不语，静而思之。

十年之后，当我们坐在某个花园的冬日暖阳下，回忆起如今这青春葱茏的岁月，脑海中是否会碰撞出些许的欣慰呢？嘴角是否会不经意地露出比头顶的暖日更灿烂的微笑呢？

亲爱的朋友，你的答案是？

画地为牢

不知道大家有没有这样一种体验：当我们经过一番咬牙切齿的拼搏、卧薪尝胆的奋斗，好不容易把一段人生涂抹得还算成功之后，却觉得一点儿都不快乐。这种感觉就像是千辛万苦地把一朵漂亮的校花追到手、摸到腿、啃到嘴并滚完床单之后，却突然发现自己原来喜欢的是男人。

如你所知，这样的体验带有一份辛辣的黑色幽默，要命得很，不亚于晴天霹雳，逼得我们不得不停下匆忙的脚步，认真思考一下：到底是自己脑袋进水了呢，还是这个世界有问题？

说到思考，首先撞入脑海的是尼采。对于他一百年前所说的那句名言，我一直觉得纳闷。要知道，比起上帝，人类固然愚笨不堪，满身毛病，但思考终究是一种谦卑的学习态度，老前辈为何要发笑呢？如果非要发笑，到底是妙龄女郎般的妩媚动人，一笑便倾城的微笑呢？还是印象中北京小市民似的嘴角，一撇万般皆下品的嘲笑？抑或是如来佛式的光芒万丈，一花一世界的憨笑……有关这个问题，正所谓众说纷纭，难成一词，估计只能以后找机会向尼采证实了。

众所周知，在那些没有宗教信仰的地方，伟大的God是不存在的，但却可以用另外一个名称代替，比如说时间，或是历史。也就是说，在无所不能的时间或历史面前，一切的人类思考及延伸出来的行为都容易构成或愚昧或黑色的笑话——当然，面对笑话是否能真正笑出声来，也是个值得商酌的问题。

除此之外，时间到底是什么也不是本文所真正想探讨的——对于一个始终没法探讨出答案的话题，我们能做的只有心存无比敬畏，偶尔指望一下下一个爱因斯坦尽快出现，便别无他法了。本文真正想探讨的是，这个世界一直以其惯有的规律运转着，渺小而容易失望的我们如何在时间面前做到不画地为牢，不在梦想的征途上渐行渐远，不在我们最终停止思考的那一天留下满腔遗憾……

一个人活在这个世界上，争分夺秒地走一遭，如果非要说还有什么可指望的，那只能是我们自己了——刚说到这儿，可能就有朋友打算把脑袋摇掉，说你不知道现在是拼爹或拼干爹的时代吗？

当然，爹或干爹都是我们的财富，宝贵而踏实、坚强而靠谱儿，如果有的拼肯定要掏出来，没什么不好意思的，他们跟朋友、导师、情人、上司一样，都是我们获得更多资源的资源、捞得更多财富的财富。但我想说的是，本文所谓的指望纯粹是指内心层面的，打个不恰当的比方来说，如果你放着自己的右手不用，指望别人来温暖你左手，最终暖和的决不是心窝，仅仅是在你手上添加了一丝余温而已。

反过来说，一个人活在这个世界上，如果非要说有什么能真正束缚到自己的，也只能是自己了。那些昔日的梦想、不变的希冀，以及对隔壁班女孩掩藏多年的情愫……往往都因为所谓的现实问题而成为了泡影，但其实真正裹住我们脚步的恰恰是我们自己——作为读者的亲，你老实回答，你害怕过自己吗？

我表哥是一名公务员，刚过而立之年，正处在中年危机的时刻，每天焦虑地担心着秃顶、升迁和什么时候要小孩的问题。上个礼拜天，我们迎着小北风踢了一下午的球，然后马不停蹄地打了一晚上的游戏，随后像是脱水的人一样躺在沙发上，睡意全无地聊起了大天。

记得那天还是个阴天，十六楼外的天空一片阴霾，风吹着窗帘不断飞摆，他非常应景地说起一个沉重的话题，说每个人的老年都是暮色沉沉的，弥漫着绝望和悲凉，跟窗外的天空一样。相反，每个小孩都是朝气蓬勃的，燃烧着希望，一如我们小时候一样——每当想到这儿都让他感慨万分，觉得人生虚无，过眼即云烟，挣扎是徒劳，不过是大象面前的蝼蚁之举。

对此，我觉得很诧异——要知道，作为一个中产阶级的代表，他不去想下个月去哪儿旅游，再下半年换什么车，反而来思考这些哲学问题，简直有些太矫情了。但我无法给出任何的安慰性话语，因为他的话如鲠在喉，堵得我连自己都没法安慰——如果非要安慰的话，我或许会这样尝试：人生百年，繁华终散；不忘进取，随遇而安；青春易逝，切勿画地为牢，随波逐流，浑噩一生……但说实话，我对这样的安慰一点儿信心都没有。

这阵子我的工作忙得一塌糊涂，从工作中我收获了很多东西，比如说让我更自由的金钱，比如说每个社会人都希望获得的成就感。这些按马斯洛需求来说都很重要，且在一定程度上不可或缺。

与此同时，我觉得时间越来越不属于自己，这种感觉非常没有安全感，就像是上了一条大船，不管你在船上遭遇了什么神奇的经历，吃着多么美味的食物，有多少漂亮的姑娘排队让你搂抱，但总有一种不对劲藏匿在内心。你看着夜空，吹着海风，一琢磨，靠，原来上错船了，原本是想去加勒比海，结果开向了死海。要想掉头，没门儿！自己跳海去吧！

最近读了冯唐的一本书，名叫《如何成为一个怪物》，里面说“文字打败时间”是他一辈子的文字观。

首先不管这位不老的哥能否真正打败或者只是打扮时间吧，起码他已经用文字打败了从未谋面的我。类似的作家我记得以前还有王小波、海明威，以及《百年孤独》的马尔克斯等，他们都带有一腔理想主义，跟这个世界的某些哲学看似格格不入，但其实真正改变着这个世界。

也就是说，在时间的洪流里，我们虽然渺小如砂粒，力量几乎可以忽略不计，但依旧有很多人心怀理想，这种理想如同孩子般纯粹。他们为了打败时间，或者选择用文字，或者选择用画笔，还有人天真地希望用一部电影或是一台最新研制的手机……然而不管结局怎样，一旦他们定下的对手是时间，其不间断的思考最终会带他们画出刻有自己烙印的未来，而不是一道束缚、一把枷锁、一个笼子，绑住了自己，也牵住了世界。

剩斗士

每隔一阵子，我们这个社会总会冒出一种“热”来，以证明其欣欣向荣的活力。

众所周知，“热”这种东西还是非常有意思的——不管是正面的还是畸形的，起码代表着一种文化，比如多年前的“超女热”，赶场的特别多，大街小巷都是他们的美妙歌声，还有疯狂歌迷的四处拉票，甚至还有漂亮女粉丝为了拉票跑到男宿舍楼扫荡的现象（我当年就被扫了一回，花了一元钱，投了一张票），很有一种歌舞升平的感觉。

又比如说几年前的博客热（现在是微信），所谓的自主化媒体、全民皆博，上到八十、下到近八，都来谈谈理想、说说思想、发发狂想，热闹得一塌糊涂，不亦乐乎。

除此之外，类似的还有“还珠热”“穿越热”，更早的还有“文化热”“下海热”，总之是五花八门、分外妖娆、百花齐放、精彩不断……

如你所知，以上所列举的“热”都已经退烧。也就是说，不管有多热，总会有“长江后热推前热”的时候，重点是谢幕那天，我们那些被热过的人，回想起当年的所作所为，还有没有一种平常心，像是想起过去的一段美好往事，抑或是遮遮掩掩，生怕世人知晓。

这些年来，国家在加速度地赶英超美，火箭发展，收获了累累的硕果，也不可避免地产生了一些负面效应，比如说物欲横流下的物价飞涨、真爱难寻下的剩女当道。在这样的背景下，国内顺理成章地刮起了一阵相亲热潮，相亲的形式有很多种，最火的莫过于电视相亲，从《我们约会吧》到《非诚勿扰》，再到《为爱向前冲》《百里挑一》，等等。值得一提的是，连续几年来热度不减的《非诚勿扰》，在其收视率最高的时候竟直逼国内第一收视栏目——央视的天气预报，大有君临天下的感觉。

这些特色各一、环节类似的节目还衍生出来了一系列的新词汇，比如说“高富帅”“白富美”；也因此走红了几位主持嘉宾，比如说孟非、乐嘉；更是让一些痴男靓女（来宾）一夜成名，成为各大媒体或餐桌礼仪的八卦头条。

除了上电视摆擂台高调相亲之外，低调一些的线下活动也是五花八门，颇有看点：从千人白领齐聚相亲活动到富豪游艇诚征女友俱乐部，再到双十一单身贵族Party等，个个都宣传花哨、策划独到，套钱还套名、闹情还闹心……由此可见，我们有很多的朋友削尖了脑袋要攻打进婚姻的围城里，而且还必须是心中想要的那种城——这一点倒无可厚非，毕竟在城外太久了，容易寂寞，一个人在江湖里漂久了容易孤独。与其一个人孤独和寂寞到老，倒不如拉一个人相伴，人生漫漫路，即便没走到尽头，那也走一段算一段吧。

据新闻报道，广东省目前的大龄剩女有两百多万，其中广州有六十多万。也就是说，大概每三十个广州人里就有一位剩女。对于这一结论，相信很多朋友都会有深刻体会，周围随便一抓一大把都是光棍儿妹儿——光棍儿当然也不会少，至于抓着抓着的同时，自己也一不小心变成了光棍儿的情况也难说。

我有一女性朋友，从大学一直咬牙切齿地剩到现在，当然其间也有过一些短暂的插曲，有火花没被燎原，故而始终没奔进围城。眼看就要奔三了，剩也剩了七年之痒，加上家里人从焦急万分到心灰意冷再到万分焦急了几个回合，无奈之下，她跑去找半仙算命（在此之前，我一直以为计算机专业毕业的她是一个骨子里的唯物主义者）。朋友都推荐某个地方准，结果她就兴奋异常地跑过去了，找到那地儿，还没坐下，人家就说："这位女士今年芳龄不到三十，是来问姻缘的。"

她顿时被雷住了，立马坐定掏钱。随后就被云里雾里地忽悠了一堆，有些对得神奇有些则错得离谱儿。更离谱儿的是她尽挑那些对的来信，而且还信得踏踏实实，给了尾款，欢快离去，临走前虔诚万分地说要是下次进“城”了，一定带爱人回来还愿。

比起这位朋友的封建迷信，我另外一位朋友的做法倒更为靠谱儿，那就是去相亲。其实相亲还是挺有意思的，这方面我倒是有一些发言权，毕竟有过亲身体验，而且还是以第三者的身份——当然，这里的第三者指的是旁观者，兼职保镖（现在坏人这么多，这还是非常必要的）。

朋友是我高中的同学，差点儿做成恋人，后来有缘无分，就成了好友。相亲的那天晚上，我们来到一个装潢精致的西餐厅，灯光、音乐、氛围营造等组合拳都非常靠谱儿，朋友的相亲对象（都是某婚庆网上登记的）如期而至。第一眼看去，打扮还可以，年龄相仿，等一过来，我顿时就石化了——哇！原来是我大学同学啊！顿觉这个世界太小了，相亲立马就变成了欢快的老同学聚会。所幸后来，我朋友跟同学硬是凑成了一对儿，闪电结婚，前不久还生了一女，七斤重，特幸福。

当然，相亲也不是都这么顺利的。电影《非诚勿扰》里吐血的相亲剧情暂且不说，就说曾经的一则新闻吧：某男女电视牵手成功，之后拍拖，男同志送了女同志一辆7系列的宝马，结果后来生米没煮成熟饭，最要命的是女同志还拒绝归还宝马，说是恋爱期间的合理赠品，于是男同志一怒之下将对方告上了法庭，弄得满城风雨，鸡飞蛋打，更有好事者把此个案升华到现代拜金女恋爱价值观低俗的高度上去，一棍子打死了很多剩女，所谓当代拍案惊奇。

曾经苦难的中国一直经历着时代的变迁，从以前的“父母之命，媒妁之言”，到吵着闹着要的自由恋爱、“雷雨”似的反抗包办，再到现在的相亲浪潮，其中到底经历过什么样的文化变迁呢？这的确是一个值得思考的问题。

我想，相亲热潮的兴起，一方面让我们看到了进入围城的希望，看到了花九元钱建立家庭的热情；另一方面却也折射出了很多人的绝望、许多人的无奈和孤独。或许，这正是我们这个时代的文化吧：既乐观又绝望，既充满斗志又容易孤独，既义无反顾又彷徨失措……

蜗人

人们都说，爱情和死亡是人类永恒的主题。这句话放到中国，恐怕还得加上一个中心语，那就是：房子。以前读大学时老师教过，在英国遇到路人，要是不知道唠些啥，只要说天气或足球就好，立马能聊个半天。依此类推，要是在国内不知道聊啥，聊房价高准能引起共鸣——富人例外啊，我也没熬成富人，对富人的话题甚是陌生。当然，富人都在忙着干其他事儿，绝不会看到我的文章。

这些年来，大家有目共睹，房市跟股市成了一个漂亮的反比，恰好这两个也是关系到民生国计的事。古语有云，朱门酒肉臭，路有冻死骨。这个理儿放在今天得换个说法：有些人房子跟情人一样成群，有些人一家五口却挤在十几平方米不透风的地下室里。最要命的是，前者觉得理所当然，韩信点兵，多搞几套更好；后者觉得生活凑合，再怎么苦逼也好，毕竟是活在大都市。

早些日子公布的“国五条”，如同一道惊雷在国内炸了开来，一开始大家欢呼雀跃，紧接着发现上大当了，房价不降反升，而且还带动了二手房的一路狂飙。

诚然，这一招的初衷是好的、得人心的、值得期待的，但得到的结果够不够损大家自己心里还是有数的——起码那些连夜排队假离婚的人心里非常有数。有意思的是，某对儿刚成功办完离婚的夫妻非常开心，当场就很有礼貌地咨询工作人员：“我说哥，复婚还在这儿办吗？”那哥顿时目瞪口呆了。

其实也用不着大惊小怪，网上早就有人算过账了，在“国五条”的背景下买一套二手房，碍于某些条件影响，离婚到复婚（其中包括一些过户什么）的成本只要二十来元，可如果不走这个流程去买一套二手房，这多花的钱起码有几十万——前者是一份肯德基的钱，而后者则是父母可能赚了一辈子省下来的钱，都是受过九年义务教育的人，这点数学题还是难不倒大家的。

有记者闻风去采访某“假”离婚夫妻，问道：“小妹啊，你就不怕假戏真做？”小妹一听，脸上顿时露出蒙娜丽莎似的笑容，说房子要是没的话，戏都得停拍，甭说真戏假戏了。

几年前，国内曾有一部电视剧很火，火到被禁播又开播，剧名叫作《蜗居》，讲述的是城市白领买房后的生活——具体内容大家可以看看电视剧。我那段时间忙着过蜗居的日子，倒没怎么看，因此也不好评论。不过小说却翻了翻，发现里面有几处对白非常有意思：

“一包尿片一百多元，一罐奶粉一百多元，一进一出双向收费，比中国移动还狠啊。”

“股票还有涨涨跌跌的，楼市怎么就一直涨呢？早前报纸上说，楼市有可能下跌，马上就有人出来说话了，说上海的楼市才刚刚进入春天，还春天呢……都涨成这样了，这要涨成夏天了，我们是不是都不要活了？我真不好骂娘！”

正如冯大导演说的“能火肯定是有理由的”，其实冯导也是谦虚地说，因为火的话不但有理由，而且理由非常充分。《蜗居》主要描述的是一种生活的意识形态，这种形态最大的魅力就是有着普遍的共鸣性。怎么说呢？拿广州的房价来说吧，现在市区二手房的均价已经到了一百万元以上。一般几千元月薪的小白领累死累活起码要五年才能攒够首期，而且这五年里面还不能生病，不能出岔子，不能寄太多钱回家，更不能有时间出去旅游休闲什么的，而应该坚决发扬中国老百姓勤劳节俭的良好品德。

关于房子，我是一个受中国本土文化影响深厚的草民。也就是说，在我的观念里，房子意味着安居，安居方能乐业成家养家糊口什么的。且先不说这个观念正确与否，至少它属于我的盼头。然而，前不久广州某官员说道，中国人三十岁前就应该买不起房子。随后引起社会一阵喧哗，据说那位官员一个礼拜上下班都走后门而且跟别人换着车开。

不过细想一下，又会发现这句话其实蕴含着一定的道理，对错与否暂不论，起码它是善意的，让我们不要有太多的希望，然后才不会太失望。可是三十岁之后呢？我们又该拿什么样的话来聊以自慰呢？

说到这儿，突然想起当当网老总的一句话，他说他这辈子不会做的事情有很多，其中的一件就是跟房地产商坐在一块儿喝茶——这句话的焦点不是在喝茶，而在房地产商上。

我毕业也有很多年了，觉得这些年最英明的决策就是房子买早了好几年；最后悔的决策就是当时买房没咬着牙，买大一些的，哪怕多几平方米都赚了。这么说吧，我买房那阵子的房价是一万元出头，现在比我那儿二手楼的房龄更老一些的都要两万多，整整多了一万元，其中的差价，我毕业到现在不吃不喝都没赚这么多。

我哥是一名国家公务员，加上我嫂子是海关工作人员，两个人都是吃国家铁饭碗的，大家可想而知，衣食无忧吧？有房有车吧？生活乐无忧吧？可最近我哥头疼了，头发也少了很多，因为他之前在从化有一套一百多平方米的望江大房子，如今调到广州上班了，他得卖掉那套房子，在广州一个郊区买个二手房，这需要借十几万才能付得起首付，差点儿没把他急死。现在老后悔，当初就不该调过来。

我还想举一个例子，是有关我师兄的，其人一直以来思想就比较前卫，受着西方思想，尤其是《老友记》里租房过日子的洗礼。他找的老婆也是同校的，小两口一直就主张不买房子，并且决定一辈子不买房子，就租大房子过潇洒日子。

刚开头几年还真不赖，他们在市区租了个月租五千多元的大房子。那地段儿、那空间、那设备、那小区都真不赖，完全可以说是富人的生活。结果几年下来，他们便发现一个问题，房租一直在涨，小孩子也出生了，学区是个问题，于是只能上私人学校——好的学校价格那可是不菲。最无语的是，前几天，房东突然找上门来，说房子要卖，不租了，无奈之下，他们只好搬家了。

家还是我帮忙搬的，我自己感觉非常累，不过都还好，只是体力上消耗了而已，睡一晚就回来了。他们可不一样，要重新去习惯一个地方，所有的一切都得变，心到底累不累只有他们自己知道了。

其实，像我朋友那样的人有很多，像我哥那样的人也有不少，还有更多准备努力买房蜗居的人……他们让我想到我曾经很喜欢的一首歌——周杰伦唱的《蜗牛》。歌中传达了一个简单的寓意，那就是希望我们都能像乐观的蜗牛一样，一步步地往上爬，坚持不懈，总有一天会到达天空的，随后乘着叶子随风飘扬。

这首歌我以前经常会听，反复来听，特别是在郁闷又听烦了许巍的歌的时候。显然，每个人都有自己想要的一片天空，但并不是每个人都能够到达，这就是人生。但至少努力了，我们会离天空更近些。

最后，再引用《蜗居》里面的一句对白来结束本文吧，希望可以给大家更多的触动。

“如果时光可以倒流，我会带着你们过另一种生活，不要太多的钱，每天去菜市斤斤计较，为发论文、评职称而与人争得面红耳赤，也为女儿考不上好学校而心焦。也许，这样，才是一种幸福的生活，而我以前并没有意识到。”

人患

扎在广州的地铁上，如果你随便逮几个步履匆匆的上班族，问他们对这座城市的印象。在没有摄像头的关注下，我想纵使答案如同路边的小吃摊一样千百各一，但其中有一个绝对是异口同声的，那就是广州的人满为患——尤其是上下班期间，简直可以用“要命”来形容。

更要命的是，这个“要命”还不是简单的语气加强词，而是实实在在的行为动词，尤其是对那些身怀六甲的孕妇，或是带病之身的老人，随时都可能踏上一次致命的乘车之旅。

众所周知，随着城市人口的疯狂涌入，各种资源的急剧稀缺跟日益庞大的人口构成了鲜明的对比。为了能够所谓地活得更好，或者是别人眼中的更好，人们只能露出狰狞的面孔和瘦弱的胳膊，出现在哄抢板蓝根和食盐的超市门口，或是人潮汹涌的地铁、公交上，抑或是购买奶粉的入关关口以及连夜排队抢学位的幼儿园大门。

也就是说，我们的社会，不知不觉形成了一种“抢”的文化，文化中透露出了弱肉强食的野蛮天性。无论是明里较劲还是潜在互掐，我们这种抢都已经超出了文明的范畴——说白了，如果说有三个梨分给四个人，孔融让梨就叫作文明，但如果说只有半口梨给四个饿得要死的人，那孔融估计也得变成恐龙去抢了。

在这种情况下，文明唯有让步，野性浮出水面，残酷而现实，优胜而劣汰。孔子当年竭力主张的“温良恭俭让”放到今天只能是被当作笑话，取而代之的是一种日益推崇的狼性文化。

记得小学时，学校每天都例行早操活动，每次做完早操的时候，大家都赶着回教室上课，这个时候会出现一个有趣的现象——相信有些读者会有类似的感受——那就是挤人堆儿。要知道，学校的楼道非常狭窄，一次只能并行过五个人左右，但每次都有几百号人往楼上冲。有时候还会把人给挤在脚下，供后来者践踏，所幸的是这个人永远不可能是领导或老师，因为他们要么在行政楼，要么提前散场回去。而只要某个不小心被践踏的人不这么短命，这事就永远不会引起关注。

其实要解决这个问题很简单，那就是分班级回去。但为什么当时的校长没有想到呢——显然，他的智商并不是问题所在，而是说他自己不需要去挤，所以还是像以前那样，他只要高高在上地喊一句“解散”便好，而且一直喊到我小学毕业。

从这件事，我们可以得出这么一个结论，那就是真正说得上话的人不会有恶劣的体验，可是有这种恶劣体验的人往往都是小角色，所以前者并没有改变的迫切性，后者也只能继续被折腾。当然，还有一种心态是，有着恶劣体验的人好不容易挤到优胜组，只会享受优胜的滋味，而不会去改变游戏规则——从某种程度上来看，这也是“媳妇熬成婆”的劣根性作祟。

曾经有一阵子，当我挤在地铁的人堆里时，总会幻想着有一天能看到某个精心打扮的美女，身高近乎车模，胸围拼过柳岩，容颜秒杀子怡，被蜂拥而入的人群挤得花容失色，高跟鞋和胸罩一起不知所终。但是挤了多年地铁后，我发现地铁的货色都是清一色跟我一样，男女不分、脸色疲惫、憔悴困倦——即便是装扮了的女性也挡不住那副神情，每回到站停车轮到自己下车的就拼命削尖了脑袋往外冲，没轮到的则随着被挤的人流淡定自如地摆动。

后来我知道，这辈子也别想在高峰地铁或公交里看到被挤变形的美女，因为她们本身就是一种稀缺资源，这种资源注定她们可以打的，可以坐某人的私家车，也可以自己开车，或是直接避开高峰期上班……她们跟某些可以改变这种局面的人一样，也跟我小学时的校长一样，属于这个游戏规则里的优胜者，她们有尊严。

以前，我在网上看过这么一则新闻，讲的是印度某段地铁的情况，其画面用四个字来形容就是：触目惊心。车门关不上倒也是其次，最恐怖的是人还是挂在车外面的，地铁则依旧高速行走。比起这个场景，广州的挤地铁生活算是无比幸福了——当然，这种幸福有着浓厚的阿Q精神。

李海鹏的《佛祖在一号线》非常畅销，书中所指的“一号线”来自北京地铁。据文中所说，在这个一号线上，我们只要花一张两块钱的卡片就可以立马回到1985年，因为地铁里面非常破旧，没有空调，只有破风扇，最主要的是它还特有国有企业的威严，不许乞讨，不许喧哗，不许有伤风化——每个隧道口还警示：禁止入洞。此外，播音员也特有意思，让你有一种时间倒转、社会一直忘了进步的感觉。

但是即便是这样，如果可以选择，我依旧希望能够回到二十多年前，而不是如今人满为患的处境中，因为后者让人没有自由的同时也没有了尊严。

有时候，我大眼瞪小眼地跟陌生人挤得“变形”时，总会担心一个这样的场景：某个心理变态的家伙突然引爆一个土制炸弹（说实话，广州早已具备这样心态的人以及自制炸弹的技术），那肯定是无处可逃，或者说有一种病毒是密集空气或皮肤接触传播，估计两天不到就能够覆盖到整座城市的每个角落。（这里是不是应该多了解一下政府的安全措施？比如纽约的地铁安全措施或者是地铁事件。）

如你所知，这是非常危险的，因为我们把自己的生命放到了别人手上。这种感觉有点像是在玩过山车，过山车走到最高处时，你感觉你的生命完全不受你控制，一种绝望的感觉油然而生。

作为法国二十世纪最重要的哲学家之一，萨特在《禁闭》中有一句名言："他人就是地狱。"这句话的本意是指他人给我们造成了恶劣影响，让我们失去了自由，以致浑浑噩噩地存在。

活在这个世界上，我想最大的法则就是炼狱和修行，每个人都要不断地去经历各种各样大大小小的劫难：上班族的炼狱就是挤公交、地铁；高中生的劫难是考试；富人的劫难是秃顶和肾亏；对于普通人的炼狱就是有个向日葵的心态，面对一切……如果我这样去想的话，未免有些悲观，但起码让我在地铁上觉得好受一些。

众所周知，城市总在不断向前发展——虽然若干年后，它一定会沦为一片荒芜，但在此之前，我们还有很多的文明可以去建设，建设者肯定也会越来越多，起码广州是这样的。记得两年前，我家门口不远的地铁站简直比图书馆还安静；现在我几乎都不敢出门，上下班不用说，周末就更加疯狂，据说未来还有一条线要在这里交会，到时才真正好看呢。

前不久，有人强烈提倡广州允许生二胎的政策，这倒是一个好主意，但恐怕挤在人堆里的人未必会这样想。不过话说回来，他们有什么想法重要吗？不重要，重要的是能够生二胎的人不用挤地铁或公交——对此，我们除了指望自己早日削尖了脑袋成为这样的阶级，貌似别无他法。

人生

题记：人生是一个巨大的舞台，开幕谢幕间、花开花落时，我们已经匆匆走完了几十年，也梦醒了几十回，到最后却发现……到最后才发现……不过是南柯梦一场。

电影《孔雀》里有那么一句话："爸爸妈妈都说，人这一辈子太短了，可我却想一觉醒来，已经六十多岁了，跟爸妈差不多。"

这句话经不起琢磨，真要琢磨起来就会感到无比的苍凉，也很无奈，有种内心被突然挖空的感觉，激情如同烟花般散尽，恍然一下子老了十几年。当然，如果你正活在意气风发的年少时光，或是宏图大展的事业巅峰，你可能会不屑一顾，抑或是一笑而过，觉得那只是不成功人士的矫情而已——有关这一点，本人也甚是认同。如果你恰好是以上两种人士，我必须负责任地建议你略过本文，直接看本书的其他文字好了。

游走在人世间的纷纷扰扰中，我们在证明比别人强的目光下成长，很快就变得不堪重负；品味着人生里的苦辣和酸甜，我们在眼中藏泪却往心中流的乐观下，渐渐地习惯了沉默不语。生活的仓促，成长的悲哀，人生的弹指一挥几十年，无法不留恋，更无法不伤感和感慨。

不管是你还是他，或是我们每一个人，从出生的那一天开始，便落进了这个尘埃满地色彩斑斓的舞台世界里，也从此踏上了风雨兼程、冷暖自知的人生旅途。就是这条路，独自一人或是谁与相伴，我们都要开始去慢慢尝试各自不同的人生；也就是这样一条充满着荆棘的生活之路，彷徨也好，无助也罢，我们都需要开始努力寻找属于自己的那一片天空，没有退路，更无法停留。

“花落复开，转眼一春；人生如梦，意义何在？”

曾经有多少人这样问过、想过、迷惑过，也找寻过，却都始终难于开悟，无法参透。直到有一天，突然有人告诉我们：“人生本为空，无相亦无意”——其实，人生一开始就没有任何的意义，而我们每个人穷尽一生所要做的只是为了给它一个所谓的意义而已。

此语一出，众人哗然，转而沉思，继而顿悟、感叹，最后低头良久不语；抑或是不屑一顾地微笑，转身离开。

试问，在为生活诠释意义的过程中，如何才算是真正地把握了人生？而怎样又算是用心体会了人生呢？孰是孰非，谁又能一语而论之？

“滚滚长江东逝水，浪花淘尽英雄。是非成败转头空，青山依旧在，几度夕阳红。”古人的临江沉吟、对空感慨却似乎囊括了无数不同人生的无奈结局。

把酒贪欢是一生，忙碌奔波也是一生，纵使真的有“一万年”又能争得几个“朝夕”？纵使“十年一叹空白流”又有多少人能够从此立志恒心把握逝水年华呢？但是，难道我们真正在乎的只是那“转头空”的结局吗？或许，品味人生就是品味过程，而品味过程才是人生真正的意义。

细细数来，人生是一个苦难多于快乐的历程，或者说人们往往更容易记住苦难多过快乐。如此说来，快乐果真是人生的真谛吗？我想，那是没有快乐过的人才会相信的谎言。我们真正需要的人生应该是一个有快乐也要有忧伤，有快乐更要有痛苦和辛酸的历程。因为只有这样，人生才是圆满而幸福的。

众所周知，人生很无奈，无奈的人生才是真实的人生；人生浸透着不公平，即便是公平也都是建立在不公平的基础上；人生更是矛盾的，既短暂似水却又漫长如烟；人生变幻无常，不如意之事十之八九，不如意之时更是处处可有；人生没有回头，后悔了你也要咬着牙笑着说“我不会后悔，我曾经后悔了”……

人们都说，完整的人生不能没有爱情，不完整的人生更应该需要爱情。可是爱情究竟是什么呢？其实每个人心中都会有不同的答案。面对人生中的爱情，我的答案就是：那些点点滴滴的感动、片片段段的温馨、实实在在的浪漫、平平凡凡的幸福……

“演好我的戏，做好我的人，我就不担心他们会怎么说，怎么议论。”一位深受绯闻缠绕的娱乐圈人士看似坦然实为无奈的一句话却仿佛浸透了人生的所有哲理。

可是，哪里才是你将要演出的舞台？哪个又是我需要扮演的角色呢？而我们要做好的又该是怎么样的人？很多时候我们以为自己能够选择，甚至以为我们已经做了选择，但其实在更多的时候，生活早已在不知不觉中帮我们选好了路也择好了方向。这一点，很多人都清楚，只是不愿承认罢了。

每个人的心中都会有梦，而每一个时段也都会有不同的梦：小时候盼望冬日飘雪、夏夜星灿，自己快快长大；年轻时候则渴望声名显赫、鲜花铺地和掌声如潮；中年时却希望可以拥有多一份平静、少一丝漂泊，家庭多一些温馨、事业少一点坎坷；年老时一切似乎已经尘埃落定，无以为复，却依旧心藏有梦，藏有那也许永远也无法实现的梦。

有时候我会想：到底是日有所思、夜有所梦呢，还是夜有所梦、日才有行？

梦醒过几回，我们疲倦、失望、麻木却不轻易放弃，梦碎过几次，我们伤痕累累、血泪斑斑却不轻言失败。我们不奢望风雨过后可以看到彩虹，却希望明天会是另一个艳阳天。

直到有一天，我们意外地发现：乐观地看待一切，即便不能改变客观的局面，也能让我们更愿意接受无奈的结局；悲观地感受所有，即便让我们更加成熟，却使我们的内心不再纯净。一味地等待，我们其实错过了很多；努力去争取，我们才会看到另一块属于自己的舞台。

在人生、舞台以及追梦的路上从未停歇的李小龙曾说："随着时间流逝，英雄人物也和普通人一样会死去，会慢慢地消失在人们的记忆中。而我们还活着，我们不得不去领悟自我，发现自我，表达自我。"

当我们谈论伪装时，我们在谈论什么

题记：人们都说，伪装是一切生物的天性。不管是男性、女性还是蜘蛛侠，通过伪装，我们最主要的目的就是保护自己。所以说，伪装成为一种生存的哲学、法则甚至艺术。但如果在生存之外的生活，我们还通过不断的伪装去获得最大化的利益，甚至到了欺骗程度，那将会是怎样的一种“三观”呢？

最近，假的东西越来越多。吃的东西就不用说了，前有“每天一斤奶，毒害中国人”，后有“舌尖上的苏丹红”，除了食品方面，还有更多匪夷所思的中国特色。他们的伪装，或许是为了生存，光明正大叫嚣“迫于无奈”；或许是为了名利，美其名曰“包装”……可这背后藏着多少利欲熏心和苟且欺骗？又有多少的人因此遭遇不公和身心伤害呢？

当我们谈论伪装的时候，我们在谈论什么呢？以下这篇文章写于2010年，从中我们看到了很多人的影子，甚至包括我们自己。

一直很喜欢唐骏同学，觉得此公非常了得，虽然其貌不扬，多少还有些秃顶，说话时也不免有些自大，但却凭着自己的倔强和努力东渡日本，再西闯微软，并以“终身荣誉”之金字招牌荣归故里，继而辗转盛大和新华都，其间以十亿天价转会费获得了“打工皇帝”之称，堪称草根英雄的典范和偶像。

然而，如今以上这些荣誉和光环哪些为实、哪些为虚？在此都得打上个问号。群众的眼睛永远是雪亮的，我作为群众之一，也为这雪亮的世界添砖加瓦一下吧。

首先，大家来看看这段访谈：

记者：方舟子说你不是加州理工大学的博士，你的博士学历是伪造的，是这样吗？

唐：这个问题我已经澄清过了，这里做最后一次说明，以后不再对这个问题作回应。我的博士学历绝对不是伪造，我的博士证书就在这里（唐拿出博士证书），你们可以拍下来。

至于加州理工大学的博士学位，我以前从来没有说过，这是方舟子给我扣的帽子，他想通过诬蔑我的方式达到炒作自己的目的。我和我的律师已经商量过，这件事情肯定会通过法律途径来解决。

记者：在你的新书《我的成功可以复制》中，准确无误地说你是取得美国加州理工大学的博士学位的，我这里有一本你的新书，你自己可以看看。

唐：这本书我没有看过，原稿是没有的，可能是编辑排版的时候弄错了，对此，我深表遗憾。

记者：唐先生取得博士学位的“美国西太平洋大学”现在已经被取缔了，原因是涉嫌贩卖文凭证书，你怎么看待这件事？

唐：这是学校的行为，与我无关。

记者：唐先生在书中说你在加州理工大学从事过博士后研究，请问你的导师是谁？另外，你在“美国西太平洋大学”取得博士学位的论文在哪里？当时的研究课题是什么？

唐：这个我要查一下，时间比较久远，我不可能还记得清楚。

记者：盛大在美国上市的招标书上，说你的学历是日本和美国的双料博士，是这样吗？

唐：这份招标书我没有看到，原稿不是这样，肯定是负责文字录入的人失误了。

记者：你说你是美国微软公司的“终身荣誉总裁”，但据微软内部人士透露，当年你是因为业绩不佳，被迫辞职的，有这回事吗？

唐：笑话！一个业绩不佳的人可能会成为“终身荣誉总裁”吗？

记者：你认为能力和学历谁重要？

唐：学历再高，没有能力也会一事无成；学历再低，有了能力也会大放异彩。

记者：你说你在美国取得了几项专利，但方舟子称没有相关记录，你怎么看？

唐：我确实没有申请专利，我把技术卖给别人，别人去申请了专利。

记者：你说你在美国开过律师事务所？

唐：我已经澄清过了，不是律师事务所，是翻译有误。

记者：这起事件会影响你的职业生涯吗？

唐：不会有影响，如果说有，那就是我的知名度更高了。谢谢各位……

看完以上这几段简短但几乎句句见血的访谈之后，估计有些朋友还是一头雾水，不知访谈来源于何处，为何有此一说。其实，这都是因为最近网上传得风风火火的假文凭事件，涉及人物乃世界重量级的老唐同学。具体的前因后果大家可以去百度、谷歌搜索，关键字“唐骏学历”即可。总之，总结成一句话就是：打假斗士方大侠再次挥刀出鞘，直指“打工皇帝”文凭造假一事，于微博公然宣称老唐的加州理工大学博士的文凭实属子虚乌有，名古屋博士之舍去也是另有隐情，而老唐后来解释所提到的西太平洋大学的博士则更加离谱儿，盖因整个大学都是一个典型的文凭制造大学，现已被法治机构严厉取缔。

也就是说，曾经风光无限并一直宣扬“我的成功可以复制”的唐兄霎时间被推下神坛，沦为买假文凭缺失诚信的新版方鸿渐——网友亦冠名为文凭哥、唐鸿渐。大伙儿当然也包括本人霎时发现：天啊，额滴神啊，原来世界本没有传奇，吹得人多了便有了！甚至已有所谓的内部人信誓旦旦地爆料那传说中的十亿转会费也是纯粹炒作，完全子虚乌有。

凡事皆有其对立面，在烁金的众口中，也有人说老方就他妈的没事做，眼见近来年事已高、名气锐减、难忍寂寞了，于是心生一计再次借名人炒作上位啊、吸金啊，都说了英雄莫问出处，你说你老盘根究底的是何居心呢……这里，我暂且要作为方公的代言人说两句。回顾方舟子过去的打假案例，我们看到的并不是一种功和利的诱因，如果说是，也只能是一种外延。相反，我们看到的是一种民间的自我维权力量，其目前所做的一切还是他一直所做的——打假。老方敢于冒天下之大不韪去还原一个真实，给大伙儿一个公道，其勇气可嘉，义气彪悍。打个最直接的比方来说，如果你是名好员工，每天兢兢业业地工作，下班也不忘了找机会跟上司出入各种场所以拉拢关系，你的如意算盘也很简单，就是公司目前暂时空缺的某个职位，你打算把官一升、把薪一涨、把房子一供、把车子一置就基本齐了，就在这时，某个跟你能力相近或者都不如你的同事，把留洋的假文凭一上报而加了本应该加你的薪或升了本该升你的职，结果会怎么样……

话说回来，有关本次的“文凭门”事件，我且带大家一起思考一下以下几个问题：

1. 谁是这场打假中最大的受害者？

其实没有受害者，唐骏自己也说了，此次事件不会对他有影响，如果说有，也是知名度提升了而已。众所周知，知名度这种东西跟财富是成正比的——都是在江湖上混的，没有人跟财富过不去吧？此外，作为PK对手方舟子，他的名气在经过此事之后肯定也提高了，这对他以后的打假之路更为有利。再说，他也不是什么政权人物，所树之敌也肯定不会对其人身安全有影响，即便收封威胁信，也不过如某学校围墙外的“严禁随地大小便，否则……”一样毫无意义。至于公众，我们看到了一个更真实雪亮的世界，也是挺好的。

2. 唐兄还有多少的校友？

大家可以百度或谷歌一下美国西太平洋大学工商管理博士(DBA)二期学员通讯录，就会惊讶地发现里面的校友还真是不少，而且都是在国内身兼要害部门的人员，没准儿有几个正好就是你上司或导师也未必。他们正通过买来的文凭享受着他们本享受不到的待遇。此时他们都因为老唐事件的败露而成了……这里忍不住想起了一句话，那就是“不怕神一样的对手，就怕猪一样的校友”。

3. 我们还该相信什么？

随着老牛、老黄、老唐等明星企业家或操盘手相继褪去的光环，我们越来越觉得商坛这里的水深得丝毫不亚于政坛，多少发家人的背后藏着多少不为人知的故事？我们在不断追求名与利的同时丢失了多少诚和义？或许世界本已物欲，适者方能生存。

最后，我们不得不承认这已经是一个被谎言淹没的世界。在这个世界中我们看到了一个越来越陌生的世界，也看到了一个越发陌生的自己。末了再得出结论，没有人的成功可以复制，我们也没必要复制别人的成功，偶尔安慰下自己：走自己的路，看别人成功去吧。如果侥幸哪天自己成功了，还得继续走自己的路，就让别人看去吧。

Chapter5

心扉 感受的是空

当我们在感受时，我们感受了什么

我们终于失聪失明失心了，
成了彻彻底底的无脸人，
再也不能感知生活中细微的小幸福，
却依然对不能实现的欲望垂涎三尺。

井蛙不可以语于海者，拘于虚也；
夏虫不可以语于冰者，笃于时也；
曲士不可以语于道者，束于教也。

——庄子《秋水》

微博式孤独

诺贝尔文学奖得主库切曾说过：“每个人都是一座孤岛。”假设这个判定是正确的话，那将会是一种什么样的场景？试想在茫茫的大海中，每个人的周围都是深不见底的水域，水域里藏匿着从未见过的怪物，谁也无法轻易逾越自己的港湾，到达别人的心灵孤岛。

然而，我们却又从来没有放弃尝试，尝试的方法有很多种，比如找一个发妻或发夫相濡以沫着，不管是七年之痒还是金婚银婚；又比如说开个微博天南地北地跟来自天北地南的IP瞎扯，无论是上班还是在回家的路上。对于后者，相信大家都不会陌生。从某种意义上来讲，微博已成为一种病毒，传播途径是网络，孤独则是其感染的最大诱因。

当人类文明的脚步跨过二十一世纪，当人类因为智慧而距离更近却又因为危机而变得脆弱时，我们开始不可避免地养成许多新的习惯：

我们再也不愿意跟对门的邻居拉拉家常，但我们却乐意跟地球另一端的陌生人聊上整整一宿——当然也许这个人就在我们附近，而且到底是他还是她或许是它也不确定。

我们忙忙碌碌地从会议室到KTV房、酒吧再到五星级餐厅，跟一帮帮的中产阶级高谈阔论、觥筹交错、把酒言欢，却再也无法忍受片刻的安静去读一本宁静的书。

我们再也无法忍受相恋多年的恋人，哪怕一时的矫情脾气，却愿意通过聊天软件结交陌生人，只为了获得一夜的激情，即便是一不小心付出的生命代价。

……

不可否认，微博的确是一个好东西，因为它是现代科技文明的产物，同时也是社会关系发展的延伸物。根据生态平衡原理，社会总是趋向于一种相对平衡的状态，一旦发现不平衡了，就会自然而然地产生出一些东西来达到这个目的，就像是一头猪成天被关在猪圈里，不是哪天形成猪的同盟造反，勇猛地冲出猪圈、誓死地攻击人类；就是智力退化到愿意被圈养的程度，安于现状、无忧无虑，直到养肥被拉出猪圈的那一刻。

然而，到底是因为什么让我们的生活变得不平衡呢？是日复一日的朝九晚五甚至晚九，还是回到家后的同床异梦甚至家也不回的异床无梦？是急功近利的钩心斗角，抑或是无孔不入的中年危机？

已逝的著名“魔幻现实主义大师”加西亚•马尔克斯在其代表作《百年孤独》里讲述了一个发生在几百年前的哥伦比亚的故事。时至今日，虽然早已久远到失去了所有可以寻觅的印记，但那份跨越了百年的孤独却依旧如同那头顶的月光一样，时刻弥漫在你我身边。

众所周知，曾经浩瀚的地球已经逐步变成了地球村，而且很快地还会变成地球班、地球家，这意味着人与人之间将变得越来越近。然而我们却惊讶地发现，自己再也听不到别人的声音了，因为每个人都希望自己的声音被听到，有些人甚至脱了衣服双乳毕露地说，有些人录下视频来说，还有人通过生命的代价来说……总之，中国人是活的，办法总是有的——这句话算不算是一种讽刺呢？

曾经的金球奖最佳外语片《告白》里有一个非常聪明的学生，为了获得极大的关注，不惜把老师最心爱的独生女儿给杀了，完事之后还在老师面前夸夸其谈地炫耀，其冷血程度令人发指。电影用了几个人的告白进行相互穿插的方式，展现了不同方位的视觉，从而最大地限度地刻画了日本当代青少年的问题——要知道，这个问题没有限制域，起码在中国没有。

我最近也会玩玩微博，关注一下平日就关注的行业知名人士，但由于魅力指数欠缺，故而粉丝用手指、脚趾就能数清。但这不妨碍我觉得这个东西挺有意思的，也不妨碍我藏匿在话语的洪流中，乘一叶思考的扁舟，自由地徜徉在其中。

众所周知，微博除了具备营销推广等方面的作用之外，也可以用来让我们排解郁闷、化解孤独、获得认可，甚至治疗睡眠。然而，这种方式到底是建立在一种空虚的框架之内还是能够真正温暖彼此的手心之上呢？我想，每一位博主都有自己的答案，即便偶尔这个答案不太坚定。

据我所知，微博的老祖宗叫作Twitter ，这是一种鸟叫声，而且还是原产老外。我们知道，唱歌的鸟儿比较容易获得其他鸟儿的关注，但同时也容易被猎枪瞄准，然后当空射下。至于临死前划过其脑海的到底是悔恨还是无憾呢，那就因鸟而异了。

其实，我举这个例子并不是想说明拥有话语权的人容易被人暗算。恰恰相反，我想说的是另外一个群体，没有话语权的那些人。他们自己没有话语权，只能寄希望于那些有话语权的人，代为说出自己的心声，即便这种心声一不小心被扭曲了。萨特曾经说过这么一句话：“他人是你的地狱。”然后在中国，真正相信有地狱的年轻人不会很多。至于这句话到底要怎么样来理解呢，则属于哲学的范畴了。不过遗憾的是，我们早就发现，在中国这片经济快速发展的热土上，有时候不需要哲学也能活得好好的。

鲁迅曾说，一部《红楼梦》，革命家看见“排满”，道学家看见淫，才子看见缠绵，流言家看见宫闱秘事。如今微博的产生和流行使商人看到了商机，政客看到了舆论监控，明星看到了粉丝团，我却看到了赤裸裸的孤独：它是那么简洁、有力，轻易便横跨了九百六十万平方公里的土地。

无畏来生

不知不觉，曾经以为永远不会到来的二十一世纪已迫不及待地进入了第二个十年，突然发现，原来自己一直活在一个荒诞的世界里。

套用“存在即合理”的说法，这种荒诞不可否认也有其合理性——如果乐观地去看的话，还会发现带有一丝黑色幽默。当然，不用我说大家也知道，幽默的前提是千万不要发生在自己身上。否则，即便再合理地存在也只是乐着别人而已。

有关荒诞，我想最具有幽默气质的莫过于开生命的玩笑了。当然，这种幽默很黑色也很暴力，带着热辣辣的讽刺。所以真正能开这种玩笑的只能是上帝——如果真有上帝的话。

众所周知，在我们的周围有着各种各样荒诞不经的死法，比如说有帮表姐劝架被勇猛的表姐夫一刀捅死的，有打算追随马尔泰•若曦穿越到清朝以避家暴而跳水溺死的，还有去夜总会兢兢业业地服务客人后只因嫌对方脏被人家用内裤勒死的，甚至还有走在路上一不小心被头顶两夫妻吵架扔下来的宝宝砸破脑袋的……

也就是说，对于死亡，我们往往没有任何的准备，亦无法给出明确的预案，顶多也就是在呜呼哀哉前送上一声叹息、两句憾言、三份遗产而已。遗憾的是，理解了这一点并不足以成为我们赶紧去买人身保险的原因，也无法构成大部分人对生命且行且珍惜的理由，大多数的我们所做的只是对别人的逝去或付之一笑，或扼腕叹息，完了之后便天地自明、日子照旧，风月不归、下班照归——的确，这是一种麻木，至于仁还是不仁，那就是仁者见仁、智者见智了。

曾看到过这么一句话，说死亡是通向未来的通行证，上面写着“单程”！这句话的前半部分让人觉得无奈，后半部分则容易让人绝望。

在无奈和绝望之间，我们带着这该死的通行证像疯草般地去成长，轰轰烈烈或平淡无奇地通向看似未知的未来。一路上，我们经历了陪伴多年却因为吃了隔壁家老鼠药不幸身亡的爱犬，不堪十二年寒窗苦读却高考落榜后从五楼教室跳下去的死党，第一次带有羞涩和剧痛的性生活后怀上了却不幸被抛弃以致卧轨的班花……每一份经历都像是一个章节，通过它们，我们开始慢慢地读懂了死亡这本书——不管是主动还是被迫，也无论是直接或是间接。不是我不想单纯，而是生活让我被迫坚强。

对于人类来说，死亡跟爱情一样，是一个永恒的话题。这个话题的有趣之处在于每个人都可以参与，每个人也不得不参与，而且不管多少人参与，都无法影响其最后的结局。

也就是说，面对死亡，我们逐渐完成了疑惑、纳闷、抗拒、恐惧、愤怒直至逃避等等的心理蜕变，直到有一天感觉麻木、行走不便、口水横流、呜呼哀哉……

伟大的苹果教父乔布斯生前有一回在斯坦福大学上宣讲，主题是“记住你即将死去”。这句话后来跟着《乔布斯传》像病毒一样在世界各地传播，旨在给人以力量，给人一种重新的醍醐灌顶似的认识，不管是对失望的自己，还是对这个无妄的世界。

然而，我身边的朋友却用一个又一个的事实告诉我，人是一个容易健忘的动物，喜欢自我催眠，特别是对自己不想记住的东西。所以我们能做的不是千方百计地唤醒别人的记忆——这样的结果非但徒劳无功，严重起来还可能把人逼成精神病。正确的做法就是像苏格拉底一样，拼命地找到众人问问题，让别人主动去思考，从内心选择性改变，而不是被动接受——这或许也是我执笔多年的宗旨吧！即便这种宗旨往往会被人误解为无知和无力。

“如果人生是枯燥的，我害怕有来生，如果人生是有乐趣的，那么今生已足够。”对于人生，冰心曾有过这样的感慨，感慨完了之后就离我们潇洒而去了——也有谣言说她老人家是自杀的，只因不堪人生的各种磨难。但答案不管是怎么样，都不是重点，重点是人生不管怎么样的活法，只有自己真正了无遗憾地觉得活得足够才是最大的意义——不能增加生命的长度，只能想办法拉宽它。要是宽度都无法拉伸，那就只能加厚了。

佛教里对死理解为轮回，前世为因、今生为果——如果有后世，那又是今生的因所成的果，因果循环，生命不息。基督教对死的理解则是：活着是为了赎罪，不管是杀人放火，还是荣华富贵，都是为了赎罪，只是赎罪的形式不一样而已。等到赎完之后，虔诚的基督徒就会回到上帝的身边，享受永远的荣耀、福乐；而不信主者则进入地狱，与魔鬼撒旦一起接受永远的刑罚。

除了佛教和基督教之外，作为世界三大宗教的另外一个——伊斯兰教也有不同的观点，其认为死亡只是从今生过渡到后世的一个阶段，相信在世界末日每个人都会复生，并在真主的跟前接受审判，标准是每个人在今世所做的善恶。

也就是说，有关死亡，每个人都可以选择自己的方式去理解，正如我们可以选择自己的方式去活着一样——关于这一点，可能很多人都会质疑，觉得人生如浮萍，江湖中的很多事情身不由己。但其实不然，要知道，即便逆水行舟、风吹浪打，只要内心坚定、方向明确，多再多的暗礁也能朝自己想要的彼岸行走。

人生百年，不过白驹过隙，浮生如梦。然而，在真正的死心之前，我们还是要踏地而活的。“死心”是一个无法改变的常量，“踏地”则是每个人存在的变量——为了这个变量，亲爱的朋友，你愿意在这一生中付出多少的激情、汗水和眼泪……

掰了

我一个老友，最近“婚了”。结婚嘛，自然是大喜事，毕竟是奔三的爷，放在近现代的农村，早就是几个娃儿的爹了。

最重要的是，作为一个正宗的屌丝男，套了一白富美，还是独生女，够臭美的——当然，如果只是这样的话。如你所知，我这阵子再怎么文思干涸、笔闸难开，也不会这么无聊。所以，这剧情肯定得有个变化，那就是老友之前还有一个从中学一直恋爱到研究生的女友（其间他们曾做过初中班友，高中同学，大学、研究生校友），毕业之后在无限接近结婚的关键时刻——掰了。

有关掰了这件事，我是这样想的：除非迫不得已，大家都不想掰。如果上天注定一定得掰，那么谁都想掰人，不想被掰。总之掰是一种文化，承载着一种变化，变化意味着新意，同时也意味着需要适应，适应就伴随着阵痛。

谈到变化，如果用水性杨花来形容某些女子的爱情观的话，那么朝三暮四或朝秦暮楚的特点则在男同胞身上更为明显，比如说你新交了个漂亮姑娘，身材顶得上某岩老师，老师第一次咬着嘴唇、半推半就地跟你极尽缠绵之事后，你肯定很兴奋，而且一high能high上个半个月，恨不得马上微博、微信或告诉每个你遇到的路人。但如果同样的事两天做三回，每回的姿势都一个样，而且一直持续好几年，估计再怎么性感火辣，你也会受不了，恐怕等不到七年，痒便开始萌芽。

换句话来说，小到体位、大到生活，如果一直没有变化，轻则失去激情，重则心里压抑，更重者跳楼自尽。这样的事情在商业世界里大家都能经常看到，比如说某个工厂的员工，长时间做着重复性工作，工资制度严厉，生活看不到希望，结果买彩票就成了他们唯一的乐趣和出路。

从掰了跟被掰我们还可以看出，变化其实可以分两种：一种是主动的，一种是被动的。一般来说，主动寻求的变化更能获得自己想要的结果。无心插柳即便成了荫也很少有你乘凉的份儿。因为被动变化的话，就像是消防队员扑火，只能在办公室等电话，但我敢打赌肯定没有哪个消防员是希望听到火灾电话的，而且还敢赌十元钱。

如今中国社会的变化大家是有目共睹的，经过短短的改革开放三十多年，有些人成了“面子”，有些人继续做着“里子”；当然城市也一样，有的城市发达了，有些城市则发黑了；更有些城市既发达又发黑，比如说北京，似乎一夜之间回到了工业革命时期的伦敦。北京烤鸭和北京咳一起被写进了旅游攻略的手册里，在大雾笼罩下的北京，人们宁愿相信美国使馆的内部监测数据，也不愿意相信北京环保局官方发布的空气质量报告。这只能说明咱们中国人也变化了，学乖了，“你懂的”多了，便真正懂事了。

对于变化，佛家有云：“转换旧形，名为变，无而忽有，名为化。”如此说来，合两者之，则为变化之道。《坛经》又说：“何名千百亿化身？若不思万法，性本如空。一念思量，名为变化。思量恶事，化为地狱；思量善事，化为天堂。”也就是说，变化大小实虚，不过是一念之差。差之毫厘，却是因，日后之果必会有天堂和地狱之别。

不可否认，这个世界一直在焦灼地变化着，如果不与时俱进，画地为牢，结果只能被动挨打，惨遭淘汰。这样的例子数不胜数，几百年前我们孤芳自赏，不屑于学习他国的“邪门歪道”“奇端异术”，总是友好地输出陶瓷、丝绸、火药，抵制输入各种先进理念和科技。结果怎么样？你肯定非常清楚，实在不清楚也会清楚。如今的商业世界更是如此，作为胶片业的鼻祖，柯达凭着惯性赚钱，拒绝走入数码时代，如今破产之后苟延残喘，用句古话来说就是：半只脚已经踏入了棺材。还有曾经的手机行业鳌头诺基亚，拒绝接受塞班之外的智能系统潮流，如今不仅仅是掉队，而是彻底掉到沟里了，成为微软的“老婆”，所谓落后一步，十步难追。与之相反，手机新科霸主三星公司的文化里便包含着这么一句话：除了妻儿，一切都要变。这句话其实以前在韩国原本是“除了老婆，一切都要变”，来到中国便入乡随俗地把儿子也加了进来。可见，即便这句号召变化的话也发生了变化。

记得杂志《看天下》有一期的封面是星爷和赵爷，标题是“再不笑就老了”。坦白来说，这句话还是挺有杀伤力的。正所谓岁月如飞刀，刀刀催人老，这两位曾给我们带来无数欢笑的人已经无法避免地老了，似乎再也笑不动了，这真是一件让人无比伤感的事儿。

与此同时，在时代、命运以及每天上班的闹钟簇拥下，“80后”的这一批人也已经无可救药地走向了伤感的时代，走向致青春的季节，更走向上有老下有小、左拥社会右怀国家的中流砥柱的舞台——这是属于我们这代人的变化，只能拥抱，无法躲藏——既然你丫说什么都要掰，那咱们就岁月里见真爱吧。

韩寒的杂文集《我所理解的生活》里有一句话：“就像十

年前，你送人家一个杯子代表一辈子，现在你肯定不好意思送人家一个悲剧（杯具）一样，其实时间只是改变了时代，而很多东西本身并无变化。”

文章的最后，引出这么一句话，是想告诉大家，虽然本文一直强调世界的变化、环境的变化，以及我们自身的变化，但其实不管怎么变，在我们的内心，一定得有一个不变的东西——它可能是一份热情、一种态度，抑或是单纯的一句话……它恰好就是我们的信仰。如果找到了，便如同找到漫漫黑夜里的一盏明灯，唯有它，方能伴随着我们一辈子的宁静。

绝缘体

众所周知，爱情是一个永恒的主题，却也是一个吃力不讨好的话题，容易犯一家之言之谬误，引众善男信女之嗤鼻——正如三毛所说的那样：爱情有如佛家的禅，不可说，不可说，一说就是错。

但我还是忍不住错一把，只因有感于最近身边几对朋友的劳燕分飞。特别是一对我的好友，他们谈了马拉松的恋爱（初中到研究生共十年），最后却没有跑到终点。

记得之前网上有一句话：当年的金童玉女谢霆锋和张柏芝都分手了，再也不相信爱情了。可没想到，才不相信多久，又发生了姚晨离婚、郭富城与熊黛林分道扬镳恢复单身，大家立马更加怀疑爱情。过了不久，我们很快又有了新的谈资，邓文迪女士离开了默多克摇身变成了千万富婆，王菲的一句“这一世，夫妻缘尽至此，我还好，你也保重”道尽了人生的无限悲凉。

除此之外，还有一些比较平民化的，比如说一对留学美国的中年科学家，女的因为男的要跟其离婚遂搞了一些化学药剂把老公给毒死了；又或者是前不久报道的广东某心理学专家把老婆杀掉后假装微博寻妻……

类似的谈资总会过一段时间出现。他们就像是一面醒神钟，让我们重新思考一下我们的爱情：或对号入座，或引以为鉴，或未雨绸缪，或痛斩情丝。

其实粗糙来分，爱情可以分为以下三种：

第一种，纯粹的物质爱情，比如说你很有米、我很有色，你觉得我三围够突出、有前有后有高度，我觉得你钱夹特靠谱儿、有车有房有地位，于是便你情我愿，一拍即合——至于不久后的有一天，当我的有色褪色、你的有米缩水，咱们还能不能搅在一块儿就得看造化了；

第二种，柏拉图式的宗教式爱情，比如说崇尚“山无棱天地合，才敢与君绝”的琼瑶式爱情，要不就是化蝶的、饮毒药的、怒沉百宝箱的经典闹剧，再要不是动辄为情自杀或哭倒长城的烈女爱情；

第三种，介乎以上两种之间，要么七分爱对方、要么三分爱自己，或相濡以沫，或举案齐眉，或相敬如宾，或一切随缘。

说到这儿，大家先别急着对号入座，因为以上可能根本没你的座，也有可能哪个座位你都会坐一把。比如说我的一位师姐，大学的时候爱上一位师兄，人家是浅尝辄止，她却爱得要死，后来人家出国了，她就哭得死去活来的，可是死了几次没死成，结果从此不再相信爱情；毕业后找了个有钱老板，谁知碰到个风流老浪子，孩子还没满月就去乱搞，没办法离了；最后只能随便找了位靠谱儿的公务员，从此心如止水，登堂入室地过起了社会主义好日子。

不可否认，这个例子的确演绎了些，过程曲折了些，而且结局也算是比较好的，但更多的在现实中却往往不是这样。比如说之前云南财大的为情跳楼事件——这种事情说起来其实挺没意思的，因为眼下发生得太多了，要同情都同情不过来。

说到这儿，我又想起另外一位朋友，她漂亮而高挑（这一点必须强调），有新丝路模特大赛三等奖证书为证。她大学的时候对谁都看不入眼，后来经过千挑万选之后居然还是选了去当“小三”，以为自己能够抗得住让人分开，没想到后来人家两个都没要。

最倒霉的是她还怀上了，打胎的时候正值毕业找工作，结果工作没找好，心里落了个大阴影。无奈之下，只能去做秘书，一做就两年，其间交了位德国男友。因为她认为只有思想开放的老外才不会介意她打过胎，可没想到一年之后，他们的感情就聊胜于无了，两人躺在一张床上啥事不干大半年。更无语的是，直到毕业后的第四年她还对前男友念念不忘，我像个街道妇女主任一样劝过她好几回，可她根本听不进去——就这样，当年特自爱的一姑娘因为输了爱情，居然把自己也丢了……

分享了个这么长的八卦，其实我最想说的就是，对于爱情，我们往往要得太多，却以为自己求得很少，以致陷入不服气的迷局，就像是赌博，总是怕输，最后却输得一塌糊涂，还得自己亲自找地挖坟墓把自己埋了，临死前仍不忘对天呐喊：爱情是伟大的！为了爱情，自尊、自由、责任和价值观等皆可抛，痛快爱过一回，此生便无憾也！

对于这样的人，我只想说四个字：笨不足惜。

有这么一个数据统计，说在我国，平均每天有五千多对的夫妻离婚。即便这样，却丝毫不妨碍有无数的人想闯入围城。这也是为何这几年国内特别流行相亲的原因：从《非诚勿扰》的电影到大型电视征婚服务类节目，再到各地举办的富豪相亲会，以及铺天盖地的珍爱网、婚嫁网等电视广告。

由此可见，天底下有太多的人迫切希望找到自己的另一半。然而世风日下、物欲横流，房子难买、车牌难上，到底怎样才能找到一份属于自己的真爱呢？

据我所知，一份好的爱情首先应该是找到一个对的人。虽然沿袭了几千年的门当户对之观念在当下遭到了冲击和抵制，但其实它在一定程度上是有用的。外国人喜欢用Mr. Right来形容真爱的另一半，也就是说，找到对的人就像是一个人找到适合自己的内裤或是治疗自己疾病的药一样重要。

其次，爱情是一服中药，得用好火慢慢熬，进退有度。别一下子像是飞蛾扑火一样不要命，要不就像是张信哲的成名曲一样：爱如潮水。结果人家水性好游走了，自己却淹死了。当然，也不是说不要去痛快爱一回，而是说在没有确定对方是真正对的人之前先慢下来，别急着上高速，要真想上高速，副驾驶也得有一名起码有着三年驾龄的“老司机”陪着。

此外，爱情还是一种简单而纯粹的平衡。正如莎士比亚所说的那样，爱情里要是掺杂了和它本身无关的算计，那就不是真的爱情。这一点，罗密欧和朱丽叶其实并不是一个好的代表，他们跟梁祝一样只是在爱情的初级阶段，即相互吸引阶段，真正相处起来没准儿半年不到就分了。

总的来说，爱情是一种缘分，但不仅仅是靠缘分。别人眼中的白马可能在你眼中不过是头笨驴，你心目中的公主可能不过是别人心里的俗妹。所以，我们要做的其实很简单：找到适合自己的爱情，然后好好地熬，简单地维系，成就自己的幸福……

半文激情

三年前的某个下午，宽敞的办公室，几柱如血的残阳余晖破窗入内，铺洒在纯白色的桌面上。一位朱唇金发的中年女性略带醉意地对着正襟危坐的我说道：“你觉得你的激情会一直存在吗？”

当时的我听到这个问题，脑门儿一热，反应如某作家被质疑会不会写作一样，毫不犹豫地回答说“当然会”——语气中还略带一丝鄙夷，觉得对方问了一个“特二”的问题。

然而三年后的今天，当我再次想起这个问题时，觉得“二”与“不二”已经不那么确定了，尤其是当时间一天一夜地打马而过，岁月如同伤心的姑娘的眼泪一样哗哗直流，脚步却始终跟古老的挂钟一样嘀嗒不停，而曾经的那些激情亦如同空中的气球一样，在不经意间慢慢变扁、下沉、落地……

众所周知，一对宅男剩女处对象，如果只是为了找个伴侣，供套房子，生俩孩子，应付一下孤单苦闷的日子，平衡一下缺失已久的性生活，固然未尝不可。但真正的爱情就不是那么简单了，彼此之间的激情就像是内裤一样，虽说不穿也区别不大，可里面的感觉却是迥然不同。

这里还有一个例子，经常去KTV吼歌的朋友一定清楚。同样一首歌，两个人去唱，一个人唱功了得，另外一个唱功一般。但前者唱起歌来跟背书一样，听起来像喝白开水；后者却把感情融入了进去（不管是不是因为最近失恋的缘故），这样虽然歌声一般，却能够轻易打动人心，如同天籁。

由此可见，激情是一件好东西，不管是对我们的爱情还是事业，不论是对身在云端的名人，还是驻唱大街的歌手……毕竟我们不是机器人，不是简单地接到命令，贯彻执行。人类都是由化学物质构建的，唯有通过无数的化学作用才能够合成有效的行动，而激情就是一种最大的化学作用。

不可否认，每个人都经历过激情燃烧的小时候——不管是大到对宇宙的向往，还是小到对蚂蚁的好奇，抑或是对隔壁姑娘身体发育状况的不解……这些激情发自内心，弥足珍贵。

然而，随着年龄的增大，在标准化的教育和差异化的生活中，我们的激情慢慢降温、退热，甚至完全消逝——有关这一点，“大城市”就像是催化剂，加快了发酵降解的步骤。

在城市的地铁里，经常能看到很多跟我一样麻木而无神的目光；在摩天的写字楼内，可以看到四处游荡或干坐着或疲惫焦虑或闲而无事的灵魂。这些人每天像工蜂一样忙碌着，忙碌的间隙则像好不容易回到水里的鱼一样拼命喘息着，随时准备着上岸。我们逐渐忘掉初衷，丢弃激情，追逐高品质的生存，而非生活。

据调查，重复而无创造性的工作最容易消耗一个人的激情。如果恰巧这份工作又是在高强度的压力下完成的话，那他肯定很容易生病，而且还是心灵方面的疾病。再恰巧这份工作的收入还非常低廉的话，那他可能随时会产生轻生的念头——这正是前两年某制造商频繁发生跳楼事件的原因。

以前有一阵子，由于工作的缘故，我需要出差到内地的美容院，跟打扮得花枝招展的美容师们聊天儿。她们经常谈到的一个问题就是给顾客做手法，这种手法属于基础护理，每天要做上千次，甚是乏味苦闷——这几乎成了美容师们的心病。

后来有一回，我到嘉兴的一家门店，惊讶地发现这里的每个美容师对工作都特别有激情，特别来电，每天上班都像是过节一样，给顾客按摩就像对待情人一样万分温柔。

对此我表示好奇，当即找来老板娘打听，发现原来这家美容院有这么一个文化：美容师们在做手法的时候，每做一下就会在心里默念一句“一元钱，两元钱……”一直从头数到尾。

也就是说，她们在做这件重复性的工作时也是心怀激情的——即便这个激情的来源是金钱。

由此可见，拜金固然赤裸，甚至盲目，但亦有其可取之处。然而除了金钱，激情还能够来源于什么呢？有人说是来源于热爱，无限且无条件的热爱；有人说是欲望，这种欲望源自内在的驱动力；也有人说来自好奇心；更有人说是天性使然的同时环境所趋……

也就是说，每个人的激情来源都可以不一样，同样一个人对不同事物的激情也可以不同。唯一可以确定的是，一个人如果恰好对其所从事的工作充满激情，而且还打算把这份激情持有一辈子的话，那么这个人一定是最幸运的，这种幸运也一定会伴随到他成功的那一天。

我念大学时有位朋友，她是一个漂亮的姑娘，胸大如木瓜、臀大如西瓜——当然我要说的不是她如何漂亮性感，想说的是那阵子快毕业了，她听说考研好，特别是一个漂亮的女研究生更吃香，光这名字就拉风极了，于是便一天到晚往图书馆里钻，上街买化妆品的时候也不忘带本《考研英语》；可是后来，社会连带学校刮起了一阵热风，说公务员是黑领、铁饭碗，特别香，于是她便矛头急转，激情万分地报了省考，又马不停蹄地备战国考。可是刚没准备半个多月，几个要好的朋友毕业后去了银行，说银行工作怎么好怎么滋润，她听了之后脑海中马上浮现出自己穿着四大银行中某行工服的绰约样，于是又热情洋溢地去买西服准备去银行面试……

如你所知，这个故事的寓意很简单：短暂的激情不值钱，长久的激情才有价值。

在过去的三年里，这个文明而浮躁的世界一变再变，不可避免地、歇斯底里地，正如接下来的无数个三年一样。

然而三年之后，如果当年那位风姿绰约的女面试官再次坐在我的面前，问起我同样的问题，我希望能够以比当年更加坚定且略带尊敬的语气回答她："是的，我的激情会一直存在。"气球会再次升起、加速，直至冲破云端……即便它被磨得只剩下半丈。

最近

最近有些累。不是因为工作疲惫、心力交瘁；也不是因为上班路远、地铁人多，折腾如西天取经；而是纯粹因为办公人事纠纷、尔虞我诈、人心叵测、步步惊心——有关这一点，说得好听是平衡关系、维护正义，说得不好听就是政治风云、江湖险恶。

众所周知，人是逃不开江湖的，特别是你有了江湖地位之后——不管这个地位如何无足轻重。并且很快地，你会发现说真话容易犯错，不说话容易错过；过分喜怒影响人际关系，不带表情又会影响亲疏关系……于是，你终于成熟起来，开始谨言慎行、隐情藏绪、没有人气，最终成为“橡皮人”和“表演家”。

那天看小品，里面有一段形容职场的话，大概是这样说的："其实职场就像是一帮猴子爬在树上，往上看都是屁股，往下看都是笑脸，左右看则是耳目。"客观来说，这句话放在职场上有时候对，有时候不对，不过大多数的时候还是对的，而且如果你首先把它当成对的，更利于你的职场发展——前提是不要一不小心成为猴子，否则就丢了"人生"这个大西瓜。

最近有些累。累的时候喜欢听歌，听歌的时候让我想起了周华健的《最近比较烦》。这首歌我是十多年前听的，那时我还在念中学，对歌词里谈到的生活很是陌生，就像是现在有人跟我讲老人院或法拉利一样。

那时，我唯一比较烦的可能就是考试太多、额头上刚长了个青春痘，以及隔壁班的某漂亮女孩干吗今天路过我们班门口的时候没看我一眼。如今眨眼十多年过后，再想起这首歌，顿感共鸣，而且环顾周围朋友，简直是如同初夏晚间的池塘，鸣声一片。大伙儿都像是在西天取经一样打着各种各样的妖怪，筋疲力尽却又继续尽力，难以招架却又不得不架，未来有时候如披上了浓雾的黑夜一般迷惘。不怕失去希望，就怕失去方向；不怕掉了饭碗，就怕掉光黑发。

记得《魔戒》里有个角色叫咕噜姆，本是一枚平民，因意外获得魔戒，被彻底诱惑，曾拥有无上权力，后又失去，遂变得人不像人鬼不像鬼。举这个例子，是想影射当下这个社会，很多人已悄然变成了咕噜姆，虽位于社会最底层，受着各种压迫，却时时幻想有朝一日大权在握，夺名摘利，享尽荣华，对他人生杀予夺。这种人看似良心未泯，看似软弱无力，看似值得同情，但却是非常可怕的。

因为正是这样的咕噜姆，造就了一个个的人间悲剧、灭门惨案、校园枪击案、偷车杀婴案……虽说只要社会存在，咕先生或咕小姐就永远不会消失，但我还是天真地希望，我们会有更多“人淡如菊”的价值观、更多“知足常乐”的世界观——当然，人活在社会、混在江湖，这双观不仅仅是由我们说了算的。

最近有些累。考个破驾照，快两年都没拿到。卡到路考的关上，这其中的各种原因在此就不再多提了（另有一文已专门对此进行了阐述），只能说有些刺激、有些郁闷、有些黑。不过比起我的同学，比我还早报名，现在才摸车，并且抗议多次无效，我算是非常幸运了。

所以说幸运乃至幸福是一个比较级，需要东西垫底儿才知道。最主要是这个垫底儿之物要找得巧。若是找得不好，只会庸人自扰，痛苦加倍。人在江湖漂，要养成一种哲学，敢于理解世间所有的不理解，看透世间所有的难看透，用寻找明亮的眼睛穿越茫茫黑夜，自欺未必就是欺人，放下才能真正地拿起。我佛慈悲，善哉善哉！

最近有些累。接连着好几个老同学都到了男大当家女大当嫁的年龄，而且都是在老家摆酒，我是千山万水来回一趟。就拿上周来说吧，我在家好好的，对着镜子，刮着胡须，想着一会儿穿什么衣服，跟某个漂亮姑娘看一场电影。突然就接到快三年没见面的某哥们儿电话，说后天摆酒，选的还是周日。我靠，这他妈也太快了（后来发现是奉子成婚的）。

匆忙回到家，经过一天的标准式的来回，多次的兄弟闯关奇幻迎亲之旅后，晚宴没来得及扒上一口，我便开始了“大巴—的士—高铁—地铁—摩托”的漫长交通更迭式路程。回到了家，进门时已经快凌晨一点了，一想到第二天还要一大早上班挤地铁，我顿时凉没冲就昏睡了过去。

最近累的时候，我会坐下来——靠窗——不看商业管理，不读成功励志，不念鬼佬英文，而是静静地看一本纯文学的书——最好还是大师级作品——让我那颗浮躁的心慢慢安静下来。

安静完了之后就会细想，身边的朋友谁不是烦恼多多、苦恼连连、近忧远虑，人人有本难念的经。朋友A已过奔三都没有找到如意郎君，信仰逐渐崩溃，开始东找人算命西找人看相；朋友B生了个娃，不敢喝国产奶粉，没胆去香港抢奶粉（经济也不允许），综合考虑之下，决定去淘宝精选了三种名气不大但评价OK的奶粉，自己边喝边测试，然后择优选了一种给自己的宝贝儿子喝……类似的准中产阶级、白领、蓝领、屌丝、愤青的烦恼可是多得很，真要罗列开来拍十几部《泰囧》都绰绰有余。

走在奔三的路上，“累”已经无可救药地成为常态，有的人用北漂式歌声舒缓，有的人用清照式文字解压，有的人用购物、用姑娘、用烟酒，甚至用自由落体的方式去寻找出口……

对我来说，我越来越开始相信“信仰”的力量，这种信仰应该一如既往般坚定，应该不沾尘埃般虔诚，我希望能借助这个信仰，伴我走过所有的累事，看到更远的风景，打倒更多的妖怪，总结成一句话就是——用幽默面对快乐的时光，用黑色幽默面对苦涩的日子。

猪思故猪在

两千年前，在雅典尘嚣弥漫的闹市中，走来一个衣着单薄、鼻子扁平、嘴唇很厚而且头发凌乱的中年人，他见人就跟人唠嗑，尤其是年轻人，不管对方是做生意的小商贩，还是虔诚万分的神学人士，抑或是刚从爱琴海来到雅典旅游的外乡情侣……当然，此公之所以如此不厌其烦地跟别人探讨战争、政治、爱情、艺术、伦理的问题，并不是要宣扬自己有多博学、别人有多无知——恰恰相反，他所提出的绝大多数问题他自己都答不上来，而且他早就说了，对于这个世界，他只知道一件事，那就是他一无所知。

当然，我不远万里从古希腊找来这么一个要把全世界当作百科全书的中年人，并不是要说明此人很白痴，智商比你邻居那个刚满月的正流着鼻涕的小屁孩儿还低，而是希望可以跟他一样——做一个精神上的助产婆，引起别人的思考，并帮助别人产生自己的思想。

然而不幸的是，此公的影响力实在过大，后来还引起了保守派人士的思考，催生了他们邪恶的思想。后者觉得这个丑陋的而且家里没权没势的家伙老这么问法也不是个办法，正所谓“藐视神学权威，蛊毒青少壮年”，然后就让他喝毒酒死了。

这个死去的思考者正是西方哲学的奠基者——苏格拉底。

幸运的是，两千年后的今天再也没有人给我们毒酒，找那么一帮煞有介事但却纯粹无知的陪审团，把我们义愤填膺地审判一番，让我们即便不死也是生不如死。换言之，我们有着思考和引起别人思考的绝对自由了。然而，我们还会像古希腊的那个特立独行的苏格拉底一样独立思考吗？

说到这儿，有朋友或者要问：那你说，我们该思考些啥呢？

有关这个问题，我自己也没准备答案，不过却让我想起了大学时选修过的一门哲学课。记得开课的第一天，老师走进教室后啥也没说，只是神秘地笑了笑（笑得我们是一身鸡皮疙瘩），然后转过身在黑板上写了这么一个问题：

“同学们，我们到底是要做一头快乐的猪，还是一个苦恼而会思考的人呢？”

刚写完，课堂上就是一阵哗然，大家轰然一笑，觉得这老师有意思，我也觉得这哥们儿挺有意思的。所以后来一个学期下来，其他的课不管是必修还是选修都落过，就这哥们儿的课是全勤，偶尔上课时间撞上约会时间也会把心爱的姑娘拉到教室听课了事。

曹丞相曾说过：“人生苦短，去日苦多。”然而不知何时开始，我们身边的这个世界变得如此忙碌，这个世界的我们变得如同热锅上的蚂蚁，永远焦躁不安、四处奔袭，尽管有时候我们不过是在徒劳绕圈。我们开始习惯不再思考，不再手托着下巴用30°的角度仰望天空陷入沉思，不去怀疑我们现在做的有没有意义是不是自己真正要的，而是习惯被思考、随波逐流，日子一天天地敲钟而错，生活一天天地打马而过，十年如一日、几十年如一梦，就这样终其一生地活了下来，临到死前只换来一声恍然顿悟的叹息。

以前我曾待过一公司，待遇还算如意，同事之间相处也不错，女上司更没到更年期，但待了一年多我还是“跑路”了。因为我实在无法忍受每天上班前，老总都爱做一件十足愚蠢的事，那就是让我们热血沸腾地喊上几嗓子，而且不是躲在大部队里喊——这样尚能鱼目混珠——而是要一个个站上讲台对着台下吼。我自己当年喊的是什么，这会儿实在不好意思回忆了，我想回忆给大伙的是一位女同事喊的。这姐们儿每回都是第一个冲上台去，而且一年来都是喊那么一句："要成功，先发疯！头脑简单向前冲！"喊的同时还加上个坚定的拳头紧握的手势，活像个演样板戏的，也让人想到当年的红卫兵。每次听她喊这句时，我都要忍住不笑，但每次都忍不住，结果惹来一阵白眼，后来没办法，怕得罪人或相关领导，每次开会我都故意迟到几十秒，等这个姐们儿喊完我才出现。

关于这位仁姐，其实我只有一个疑问，如此头脑简单不加思考地发了疯向前冲，到头来是成功呢，还是掉阴沟？

王小波曾写过一篇文章，叫《一只特立独行的猪》，说的是插队时喂过的一只猪，这只猪四五岁，按猪的年龄来说，正属于快到而立之年，也就是说即将面临中年危机了。而它最大的中年危机就是被杀掉，成为板上肉。但是，猪兄成功地利用自己的敏锐和机警化解了一次次的中年危机。更让人无语的是，这位猪兄还会学各种各样的叫声，其中最要命的是汽笛声。汽笛是工人换班的声音，类似现在三班倒的工厂换班铃声，不同的是当时既没手表，也没手机，只能以汽笛为准，弄得地里的人回回都提前回来。后来没办法，恼怒的指导员带了二十多个人加手枪去杀猪，可结果还是让猪兄逃出了生天，逃到了野林，并且长了獠牙，成为了一只自由的野猪。

引用这个故事，并不是劝大家做一个愤世嫉俗的青年，做一个特立独行的反社会分子。而是说，如果有一天我们有可能成为肉猪，也有可能不成为肉猪——比如说野猪——那么我们或许可以通过思考让成为后者的机会多一些，正如贾德的《纸牌的秘密》里的那张小丑，他是如此格格不入却异常清醒，从而最终成为唯一一张逃出魔幻岛的纸牌。

我有位师姐，人长得不错，跟姚晨有点像，在外企做高级白领，每天出入顶级写字楼，晚上则挑灯工作到凌晨，时不时飞往全国各地，偶尔校庆回学院时还会演讲一番，总之是忙碌得像只蜜蜂一样，以换取税前的高昂工资和朋友眼中羡慕的光环。我们认识好几年了，大学的时侯我还追过她，充当过她的光环，她却没把我当回事，说“你一屁孩儿，等你毕业后再议吧”。我心想这个回答还算靠谱儿，还没说等我月薪赶上她再议。

毕业后她一直忙于工作，无暇忙及恋爱，而且跟陈淑桦的《爱我的人和我爱的人》唱的那样，高不成低不就。有一回，我们一起吃饭，吃完饭后喝了点儿酒，那天下着点雨，吹着细风，气氛有点儿席慕蓉。她跟我说，这段时间觉得很孤独，自己跟崔健唱的那样一无所有，这几年都在瞎忙，为的都是别人的目光——不管家里人还是朋友圈，总之不是自己的，感冒了想找人去医院都没人，失眠了跟谁都聊不上。我一声不响地听着，想等她继续说，最好是说出一个结论来，可她后来没再说了，只是玩命地哭。一个礼拜后，我们通了一次电话，她正要飞上海，此时在机场，她电话里好像是打了鸡血一般自我感觉特好，一副职场“杜拉拉”的精英样。

我当时就想扔给她一句话：“师姐啊，你这人怎么脆弱时好像天要塌下来，亢奋时又好像要飞上天一样呢？”可我没有开口，因为我知道要真这么说了，这师弟也难当了——我并不是害怕没了位好师姐，我只是不想以一种这么残忍的方式引起她的思考而已。

几年前，冯小刚的电影《非诚勿扰2》非常火，里面有一段话，是李香山在人生告别会上说的：“活着是一种修行。李香山此生修行，到这里就画上一个句号了。李香山此生没有修出什么好歹来，他太忙了，忙着挣钱、忙着喝酒、忙着闹感情危机，把大好时光全忙活过去了。”这一段话把电影前半部分的感情闹剧做了一下升华，把现代都市人的孤独做了一种诠释，从而让冯氏幽默有了新的高度。虽然这部电影在网上的口碑不算太好，但比起让子弹和剧情乱飞的《让子弹飞》和养个孩子只为了让人家报仇的《赵氏孤儿》，我觉得它起码让我思考得更多。

《生命中不能承受之轻》里有句话，“人类一思考，上帝就发笑”。但尼采也说过，“上帝已死”。而且即便没死，我们就可以因为害怕上帝或上司发笑而去放弃思考的权利吗？不能！毕竟猪思故猪在，何况人乎？

后记
最初的梦想

十年前的那个夏天，月色迷漫，夜凉如水，我在这片静静的水中浮出水面。清醒前，以为全世界都睡了；睁眼后，发现宿舍就有人未眠。

首当其冲的就是一位“帅锅”，紧挨着我的床位，只见他头戴生日时女友送给他的“森海塞尔”耳塞，正目不转睛地欣赏着最新下载的日本A片。液晶屏的幽光和乳白色的宜家台灯灯光交织在一起，折射到他那250度的镜片上，反射出一圈圈炫目的光晕，让人想到王家卫电影里最擅长的长镜头拍摄。

顺着帅哥的床位，目光往前走，是一位长年累月打游戏的兄弟。这位清华落选生四年来留给大家的画面都非常纯粹：那是一个盘着多毛的左腿在凳子上，右手的鼠标不断在书桌上滑动的微瘦背影——即便这样，这位神一样的小哥大学四年从未挂过科，毕业之后还找到一个公务员的铁饭碗，从此跟我们这些所谓的白领人鬼殊途，各念各经。

在我的正对面则是一位正酣畅地嚼着梦话的潮汕人，梦里自然说的也是潮汕话——这种据说有八个声调的话语我后来听了四年都没听明白，更别说那阵子才刚上大学，而且还是从梦里说出的。

唯一能听明白他话的人是我接下来要给大家隆重介绍的，该舍友也是一潮汕人。不过都这个点了，人还没回来，估计是被人约去打麻将了，要不就是去KTV房拼酒了——这两项都是他的爱好。值得一提的是，此人最喜欢看的电影是《无间道》，最喜欢的人物是《无间道》里梁朝伟所扮演的陈永仁，最喜欢的歌曲则是“是谁，在敲打我窗？是谁，在撩动琴弦……”总之，他那阵子一切的喜欢都表明这人正活在无间道上，而非正道。

是夜，面对此情此景，一种淋漓而清醒的优越感瞬间升起，并在我浑身上下的血液中缓缓淌过。我沐着夜风，望着月色，堂而皇之地觉得这个世界就在我的脚下，岁月如此静好，未来一片明亮，让人忍不住当空歌唱……

十天之后，在图书馆回宿舍根据地的路上，一位美丽大方而且伶俐早熟的姑娘送给我了一本书，同时也无情地拒绝了我的表白。

值得一说的是，送给我的书虽然不怎么好读，但我一直保留至今。那是台湾作家吴若权的《下雨天里的松风声》，里面有很多爱情故事，而且大多以完美结局收场，非常应景地反衬出我现实生活的悲凉。

姑娘轻描淡写地说："我们不合适，的确不——合——适！"字正腔圆，毫不含糊。我开始讨厌起她那曾让我无比着迷的标准北方口音。我问："为什么？"内心仓皇，强掩紧张。她当时好像说了什么，又好像什么也没有说，总之多年之后的现在，已经完全没有印象了。不过我仍记得那天傍晚的天空，觉得这么美丽的天空不适合失恋，跟任何剧情里的不一样，跟小说故事里的也不一样，跟所有我听过、看过、梦里出现过的场景都不一样……可是她还是离我而去，踩着单车，追着暮色，一骑红尘，留我原地。

再后来，很偶然的机会，我听她一位朋友（刚好我们在同一个大学社团）说，其实当时如果我被拒后再坚定地去追一下，她就会心动了。她只是在考验我的决心而已。我听完后，木然很久，恍然顿悟：原来梦想跟梦中情人都一样，需要的不仅仅是我们的选择，还有——决心。

半年之后，我的成绩一再下滑，下滑的主要原因是对所学的生物化学专业有生理性排斥，如同卡马乔接手后的中国足球队一样。我开始怀疑自己，逐渐迷失自己，觉得人生虚幻，恍如一梦。

我开始思考苏格拉底、王小波和博派变形金刚年轻时都曾思考过的问题：我为何会来到这里？最初的梦想是什么？我是否已经失去了人生的方向？我曾经一直坚持的东西是否真正是我要的呢？这些问题像当年夜夜在舍友电脑里播放的歌曲“是谁，在敲打我窗”那样，夜夜敲打着我的心窗，直到大学快毕业之际，我才算多少搞清楚一些答案——即便还不是那么确定，但起码有了几分把握。

梦想到底是什么？相信每个人的内心都有着自己的答案：不管是当年跑龙套中尝尽人间冷暖却赢不了一盒饭尊重的周星驰，还是两次联考落榜由学妹偷偷替他报名参加《超级新人王》的害羞男孩周杰伦；无论是出道前因骨骼发育缓慢屡屡被鄙视的世界球星梅西，还是从北大退学的中国合伙人……很多人即便不知道梦想是什么，他们却依旧在坚持梦想的路上，直到有一天，闪耀着曙光的幸福不期而至。

或者，还有一些人的梦想并非如此恢宏远大，未必一定要功成名就，但却往往是发自内心最深层的声音：比如说我一位朋友的梦想就是在有生之年到美国的自然森林公园，去看看那里的动物和植物；又或者是有些人毕生的梦想就是爬上一个个世界的高峰，即便是有一天长眠于山上。

由此可见，梦想无关乎大小、无关乎来源，只要能在某个人心里驻扎，只要能经过岁月沉淀，只要能够穿越生活的无数阴霾和荆棘，便如同夜空中的每一颗星星一样，清澈闪亮，独一无二。

小时候，我曾无比地热爱足球，喜欢过维埃里、欧文、贝克汉姆、大罗、小罗、C罗等球星，希望有朝一日能够披上中国队战袍征战世界足坛；也曾天真地梦想过做歌星、影星，或是歌影双栖明星，希望有生之年可以在聚光灯下载歌载舞，一呼百应，银幕大片上主打一号，永远不死……我不知道这些算不算是我曾经的梦想，或者只是青春期的一种躁动。不过有一点我是可以确认的，真正的梦想是没有保质期的。

众所周知，当下这一届领导人正在努力提倡“中国梦”，不管做得好不好，这份热情我是非常喜欢的。咱们中国虽然有众多的国情，有着自己的土壤，土壤上的大多数人可能都活得很累……但即便是这样，中国老百姓的梦还是不能说丢就丢的。

前阵子看到《中国好声音》，有一位六十岁的老歌手上台演出，香港过来的，唱了英国灵魂女声Adele的经典曲目《Rolling In The Deep》。他说他当时跟张国荣同时参加了1977年的“亚洲歌唱比赛”，后者得了亚军后出道成名，作为冠军的他却一直不为人知，不过他一路坚持唱歌到现在。这份对梦想的执著，我相信绝不会因为世俗的功成名就而有任何的褪色。

众所周知，在《盗梦空间》里，梦与现实只隔着一枚旋转陀螺的距离。然而，在现实生活中，梦想离我们又到底有多远呢？

对于当年取西经的唐三藏来说，梦想就是十万八千里；对于伊斯兰教徒来说，梦想就是去麦加朝圣的路上；对于《肖申克的救赎》中的安迪来说，梦想就是一个挖了十九年的通往自由的地道；对于我家楼下的小区保安来说，梦想就是下个月能够涨五百元以上的工资……所以梦想对于很多人来说，还是一种无比坚定的信仰。

还记得发表第一篇文章的那一年，是一篇有关爱情的小说，整整一万字。

那是一个异常炎热的夏天，臭氧层也无法遮挡的太阳当空猛照，比老舍《骆驼祥子》里所描述的场景还要热上一百倍，我拿着到手的千元稿费单，内心一阵狂喜，一路从家狂奔了五公里去地铁站，记得那时的脚步是如此轻盈，耳边的风声是如此悦耳——如果你要问我是去哪里，我会告诉你：

“亲爱的朋友，我要去心爱的姑娘那儿。她的名字叫作……”